転生したら15歳の王妃でした

～元社畜の私が、年下の国王陛下に迫られています!?～

斧名田マニマニ

ビーズログ文庫

イラスト／八美☆わん

Contents

6 第一章
39 第二章
58 第三章
102 第四章
141 第五章
177 第六章
208 第七章
239 第八章

284 あとがき

テオドール
まだ17歳の
ルシード連合国の若き国王。
仕事に生きる
立派な社畜脳の持ち主。
佐伯えみ（エミ）
28歳の元ＯＬ。
過労死したはずが、
15歳の王妃に転生していて……!?
人物紹介

エミリア

アーネット王国より嫁いできた王女。
わがまま放題で
使用人たちに敬遠されていたようで!?

ジスラン

テオドールの側近。
切れ者でテオドールへの態度も
容赦がない。

侍女長

謹厳実直な侍女として模範的な女性。
エミリアにあまりよい印象を
持っていない。

料理長

エミの滞在する離宮の
料理全般を任されている。
料理に対する探究心が強い。

第一章

佐伯えみ、享年二十八歳。

そう、私は家で倒れて意識を失い死んだ——はずだった。

それなのに今どういうわけか、まったく見覚えのない大聖堂のような場所で、見ず知らずの美青年に顔を覗き込まれている。しかも吐息がかかるほど距離が近い。

「……驚いたな。まさかこんなことが起こるとは……。——だがこれは現実なのだな、我が妃」

問いかけるように囁いた青年が、こちらに向かってそっと手を伸ばす。

妃ってどういうこと……？

青年の指先は私の頬に触れる直前で止まったけれど、息を呑まずにはいられない。

だってこんな美形に至近距離から見つめられるなんて、生まれて初めての経験だ。

反射的に後退しようとしたら板のようなものに体が当たった。

何これ……。……箱？

えっ。なんで私、箱の中なんかに入ってるの……!?

目の前には見知らぬ青年。なぜか箱の中にいる私。

いったいどうしてこんな展開になったのか……。状況を整理するため、私は慌てながら自分の身に起きた出来事を振り返ってみた――。

事の起こりは土曜日の真夜中過ぎ。

二十日間続いている連勤記録を更新した私は、ヘロヘロな状態でなんとか帰宅したのだった。

「はあ……死ぬほど疲れた……」

玄関の鍵を回しながら、零れ落ちたのは重いため息。

こめかみがズキズキと痛む。それに一日中、耳鳴りが続いている。

明らかに疲労と睡眠不足が原因だ。

そりゃあ仕方ないよね。最後にぐっすり眠ったのは、おそらく一ヶ月半前。最後にのんびりご飯を食べたのは、いつだったたっけ。悲しいことに、もう思い出せない。

料理をするのは好きなのにな……。

大学を出てから六年。社畜ライフがこんなに辛いとは想像していなかった。

私が勤務しているのは某有名ソーシャルゲームの制作会社で、これが尋常じゃなく忙しい。

ゲームに不具合が生じたり、サーバーが落ちたりすると、容赦なく呼び出される。

明け方に叩き起こされたり、帰宅した瞬間、会社にとんぼ返りさせられたのも一度や二度ではなかった。

しかも会社は鬼畜なことに、終電がなくなってからでも私を召喚できるよう、徒歩十分圏内に寮を用意していた。入社当時は何も知らず、出勤が楽でよかったーなんて喜んだものだ。ピュアだった頃の自分が恨めしい。

この会社に居続けたら、体も心も壊れてしまう。

そう気づいたときにはもう手遅れだった。身の危険を察知した人たちはすでに辞めたあとで、会社は深刻な人手不足に陥っていたのだ。

職場を移りたいけれど、次の人が入ってきてくれないことにはどうしようもない。

それに、疲れすぎると人間の頭はまともに機能しなくなる。

こんな毎日を変えようという気力はすぐになくなり、私はただ言いなりになって働き続けた。

「いやー、さすがに満身創痍だよ……」

虚しい独り言を呟きつつ、真っ暗だった部屋に明かりをつけて、パンプスを脱ぎ捨てる。

とにかく癒しが欲しい。体の疲労ももちろんだけど、それ以上に心が摩耗している。そのせいで寝不足なのに寝たいという欲求すら湧いてこなかった。

　このまま布団に入ったら、私の生活は本当に仕事だけに支配されてしまう。それだけは嫌だ。

　寝る前の数十分くらい心が満たされることをしなければ！

「今日はアロマオイルでマッサージをしようかな。お香を薫くのもいいなあ」

　現実逃避と心の安らぎを求めて、私は毎晩、癒しアイテムにすがっている。その結果、まともに掃除されていない部屋には、癒しアイテムが所狭しと溢れ返っている。ちなみにすべて手作りだ。今の会社に入社してから、私は『眠気と格闘しながら癒しアイテムを作り、それらに囲まれて眠る』というヘンテコな趣味を持つようになったのだった。

「やっぱりこの間作ったルームミストを使ってみよう。ね、ブサカワさん」

　自分で作ったゆるい顔のぬいぐるみに話しかけながら立ち上がる。

　ブサカワさんと名付けたちょっぴり不細工なそのぬいぐるみは、背中のファスナーを開けるとポプリが入れられるようになっている。でもほとんどは寂しい私の話し相手として働かされることが多い。

「ルームミストなら、この頭の痛みを少しはすっきりさせてくれると思うんだよね。朝からなんだか息がしづらいし……。とっておきのアイテムを使うには、ぴったりでしょ？」

　ブサカワさんが焦点の合わない目で私を見つめ返してくる。

そのとき突然、心臓に激痛が走った。

「うぐっ⁉」

痛みは鼓動を打つたび増していく。

いっきに変な汗が噴き出した。

「う、うぐうう」

痛い。本当に痛い。呼吸が乱れて、野太い悲鳴のようなものが口から零れ落ちる。

本気で苦しんでいる時って、こんな残念な声が出るものなんだ。

死ぬほど胸が痛くて、まともに立っていられないのに、頭の片隅でそんなことを思った。

……ああ、だめだ。

よろめき、辺りにあったものを巻き添えにしながら倒れ込む。心臓が痛いだけじゃない。

猛烈な吐き気と頭痛に襲われ、体が震えはじめた。

これ、やばいやつだ。そう思うのに救急車を呼びたくてもスマホの入ったカバンに手が届かない。

まさか私、このまま死ぬの……？

過労死なんて最悪だ。

まだ二十八なのに。様々な未練が駆け巡っていく。

……私の癒しアイテムたち。本当なら、もっとのんびり楽しみたかったな……。

ちょいちょい意識が飛ぶほどの眠気をこらえながら、無理して使うんじゃなくて。ハーブで作ったバスソルトでのんびり半身浴をして。お風呂から上がったら体に優しい栄養たっぷりのおいしいごはんを食べて。最後は手作りの枕に顔をうずめて、そして好きなだけ惰眠を貪る。本当はそんな人生を送りたかった。

苦しみと痛みが容赦なく襲いかかり、意識が遠のいていく。

私が最後に見たものは、ワンルームの部屋に積み上げられた癒しアイテムの山だった――。

次に気づくと、私の意識は真っ暗な闇の中にあった。

嘘……。私、本当に死んじゃったの……？

体の感覚がない。それどころかここには音も光もない。まるで暗闇の中にぽつんと存在しているみたいだ。

そう思った途端、胸の奥から、ものすごい恐怖心が湧き上がってきた。何もないということがこんなに恐ろしいなんて知らなかった。

死ってこういうことなんだ。

体も声もなくして、自我さえも失う。

……ん？　いや、自我あるよな⁉　だって私、こうやって考えているじゃないか。

となるとこれってただ単に、覚醒する前の夢うつつ状態にあるだけなんじゃないかな⁉

だったらすぐにでも目を開けないと……‼

ところが私の意思を阻むように、猛烈な眠気の波が襲いかかってきた。

だめだ。このまま意識を手放しそう……。

でもこの状況でそんなことをしたら、今度こそ本当に死んじゃうんじゃ……。

嫌だ。死にたくない。もっとちゃんと人生を楽しんだっていう実感を持ってからじゃなきゃ、退場なんてできないよ。

そのとき不意に頭上から、ぞくっとするほどの美声が聞こえてきた。

「あんな無茶をするとは。そうまでして、私の元から逃げ出したかったのか？」

責めるような言葉とは裏腹に、声は穏やかに響いた。

とても心地がいい。少し甘くて、ずっと聞いていたくなるような声だ。

……いったい誰なの？　逃げ出したって何……？

混濁しかけていた思考が、しっかりと輪郭を持ちはじめる。

私の意識はその声に引きずり上げられるかのように、ふわっと浮上した。

✦

最初に視界に映ったのは、こちらを見つめている美青年の姿だった。

視線がぶつかった途端、青年が目を見開いた。

宝石のように美しい藍色の瞳が、食い入るように私を見つめてくる。

「……そなたは……。……驚いたな。まさかこんなことが起こるとは……」

呟いた言葉の響きから、暗闇の中で聞こえてきた声の主は彼だったのだとわかる。

「――だがこれは現実なのだな、我が妃」

目の前の青年が独り言のように呟く。

わけがわからなくなって、彼を見つめ返すことしかできない。

この青年、声がいいだけじゃなくて、顔の造りもめちゃくちゃ整っている。ちょっとびっくりするほどの美形である。

短く切られた艶やかな黒髪と、少し薄めの唇。涼しげな目元にはどことなく色気がある。目が合ったら、ほとんどの女の子がドキッとするような美貌だし、私も思わず見惚れてしまった。

年は私よりだいぶ若そう。精悍さの中に、少しあどけなさが残っている。

大人になる手前の、まだ少年っぽさを感じさせる顔立ちだ。

……って、それどころじゃないよね!?

あまりに混乱しすぎると、頭は変に冷静になるってどこかで聞いたことがあるけど、それは本当の話らしい。

思い返せば、倒れた時も私はわりと落ち着いていた。

でもわけのわからない状況下で、見た感じ十代であろう男の子にときめいている自分には、さすがにツッコミを入れずにはいられなかった。まったく恥ずかしい。

気持ちを切り替えるため、私は視線を動かした。

よく見たら彼、なぜか黒い軍服を身にまとっている。

うーん。これは救急隊員じゃなさそうだな。

もしかして私、コスプレイヤーに助けられたのかな。深夜、鍵のかかった室内に、どうやってコスプレイヤーが入れたのかは謎だけど。

なんだか不安になって周囲に目をやった私は、そこで初めて祭壇や説教台の存在に気づいた。しかもその後ろには、遠巻きに様子を窺っている黒衣の人々の群れがある。

みんな一様に口を開けて、ぽかんとした顔で固まっている。

えーと。なんだろうこれ。

自分の部屋にイケメンが現れたんじゃないことだけはわかった。

……となると、私が別の場所に移動してるってこと？

混乱しながらさらに視線を動かすと、彫刻が施された柱頭や、壁に埋め込まれた精巧なステンドグラスが目に入ってきた。

丸みを帯びた天井には、いかにもって感じの宗教画が描かれている。

ここ、教会だ。

でも、どうして教会なんかにいるんだろう。

そこで初めて自分が寝ているのが細長い箱のようなものの中だということを理解した。

しかも周りが花だらけで、手の置き場がない。

なんだか気持ち悪い。ここにいるのは嫌だ。

本能的にそう感じて起き上がろうとしたのに、なぜか体にうまく力が入らなくて、箱の中にぽすっと倒れ込んでしまった。

「大丈夫か？」

とっさに手を伸ばした青年が私の肩に手を添えて支えてくれる。

ありがたいけれど……ち、近い……！

単なる善意なのはわかっているのに、意識してしまったせいで妙に気恥ずかしい。

馬車馬のようにがむしゃらに働いてばかりだったから、色恋方面には、正直あまり免疫がないのだ。

とりあえずお礼を言って、離してもらおう。

「あの……って、ん⁉　何、この声⁉」

まったく聞き覚えのない、やたらと可愛らしい声が自分の喉から零れ落ちる。間違いなく私の声ではない。

動揺して俯くと、ふわふわしたローズゴールドの髪が視界に入った。

えっ⁉　カツラ……⁉　被った覚えないけど⁉

思わずぎゅっと摑んで引っ張る。

「……っ、痛ったー⁉」

涙が出るほど痛い。信じられないことに金色の髪は、私の頭皮からしっかり生えていた。

金髪に染めた覚えなんてないのに、どうなっているの……。

よく見たら肌の色も全然違う。掲げた手は透きとおるように白くて華奢だ。それに少女のように小さい。しかも、パソコンのキーボードを叩くのに邪魔で短く切っていたはずの爪が、長く整えられている。この手も指も私のものじゃなかった。

サーッと血の気が引いていく。

私、夢を見てるの……？

にしては感覚がリアルすぎる。

それにさっき髪を引っ張った時、涙が出るほど痛かった……！

そのときふと、会社で扱っているゲームの存在を思い出した。

不慮の事故で死んだ主人公が、異世界に転生して無双する話だ。ゲームの冒頭で、主人公も今の私みたいな状況に陥っていた。

――ただし喪服の人に囲まれてはいなかったけど。

ま、まさか……これっていわゆる『異世界転生』ってやつなんじゃ……？

チラッとそんな考えが過った。

……ははは。なんて、あるわけないよね！

『異世界転生』とは、死ぬ前の記憶を持ったまま、異世界人として新たな生を手に入れることをいう。

死んだあと、気がついたら異世界人の赤ん坊として生を受けていたというのがオーソドックスなパターンだけれど、成長した後、なんらかのきっかけで自分の前世が異世界人だったと思い出すケースや、異世界人の自我を追い出して体を乗っ取るような形で復活するようなケースもある。

そんなのは物語の中だけの話だってわかっている。

ただ、それ以外で、私の髪や体が別人のものに入れ替わっている理由が思い浮かばない。

ていうか顔はどうなってるんだろう……!?

「か、鏡……！」

自分の外見を確認したくて、きょろきょろする。鏡や、その代わりになりそうな窓ガラスは見当たらない。

こうなったら――。

「ごめんなさい！　その目、ちょっと貸して！」

「目、だと？　……っ！」

箱の縁に手をつき、身を乗り出して青年の瞳を覗き込む。こんな大胆な行動、普段の私だったら絶対に取らないけれど、背に腹は代えられない。

青年は驚いたのか、息を吞んで目を大きくした。そんな彼の藍色の瞳に映っていたのは――。

「……そんな」

ああ、どうしよう。

まったく見覚えのない金髪の美少女に見つめ返されて、私は頭を抱えたくなった。

「あ、あの、私……」

「すまないが、今そなたに発言されるのは非常にまずい。しばらく沈黙していてくれ」

「沈黙!?　でも――」

言い返そうとしたところで、青年が私の喉に指先を当てた。

「えっ」と思った直後、静電気のようにピリッとする熱を感じた。

な、何!?

びっくりして悲鳴をあげそうになる。

でも声は音にならないまま、私の喉をすり抜けていった。

「……っ」

声が出ない……!? 何されたの、今……!?

混乱して顔を上げると、耳元に唇を寄せた彼が私にしか聞こえない声量で囁きかけてきた。

「体の自由まで強制的に奪われたくなければ、しばらくの間大人しくしていてくれ」

その直後、ふわっと体が浮き上がった。背中が傾くのを感じて、とっさに彼の首にしがみつく。抱き上げられたのだと気づいたのは、そのあとのことだ。

「協力的で何よりだ」

面白がっているような口調でそんなふうに言われて、不本意極まりない。

協力したわけじゃなくて、落ちたくなかっただけだし……!

反論したくても呻き声すら上げられないから、必死に視線で訴えかけてやった。彼は気づいているくせに、あろうことか華麗にスルーしてくださった。こら、ちょっと……!

「へ、陛下!? いったい何を……」

青年の行動を見て、周りの大人たちがひどく慌てはじめた。それに対して青年は平然と返事をした。

「妃が蘇ったのだ。これも運命の神の思し召しであろう。いつまでも棺桶の中に寝かせてなどおけぬ。寝室に運ぶ」

「蘇ったなどと、そんなはずはありません！　あっ！　い、いえ、陛下の判断を疑うわけではないのですが！」

「しかし妃殿下はたしかにお亡くなりになられたはず……。これは良からぬことの前兆です！　教会に引き渡しましょう！」

「馬鹿を言うな。妃の面倒は私がみる。そなたたちは葬儀が取りやめになったことを弔問客に知らせよ」

完全に蚊帳の外に置かれたまま、私はぽかんと口を開けてしまった。

陛下だの妃殿下だのいったいどうなってるの……⁉

そもそも『蘇った』って……。

冷や汗が頬を伝うのを感じながら、恐る恐る今まで自分が寝ていた場所を振り返った。

彩り豊かな花々がちりばめられた長方形の箱。ひくっと頬の辺りが引き攣る。

これ、どう見ても棺桶！

異世界転生したうえ、その先が棺桶の中の死体だったってこと⁉

唖然としている間に、青年は私を抱いたまま歩き出してしまった。

側近と思しき大人たちが、その後をワタワタしながらついてくる。

いやいや、待って……！ いったいどこに連れて行くつもりだ。

半ばパニックを起こして暴れたら、頭上から軽いため息が聞こえてきた。

「やれやれ。暴れるなと言ったのに」

そんなこと言われましても……！

しかもお姫様抱っこで移動されると、不安定で結構怖いのだ。相手のことを信じきって身を委ねていればまた違うのかもしれないけれど、初対面の美形相手に体重と信頼を預けられるほど肝が据わってはいない。だいたいどこに連れて行かれるのかもわからないのに、大人しくしていろというのも無茶な話だ。

とりあえず身振り手振りで下ろしてほしいと訴えてみよう。

ところが行動に移しかけた途端、体が不思議な感覚に包まれた。さっき喉に感じたものとよく似ている。

ま、まさか!?

嫌な予感を覚えた直後、案の定、体が一切動かせなくなった。

「一時だけのことだ。許せ」

許せるかー！ そうツッコミを入れたいけれど、抗議の意思を伝えることすら叶わない。

声も発せられず、指先一本微動だにできない今、私はもはや置き物と変わらなかった。

✦

陛下と呼ばれた青年は私を軽々と横抱きにしたまま、教会の外に連れ出し、同じ敷地内にある別の建物へと向かった。

視界に映り込むものや、側近らしき人たちのやりとりを聞いたりして、わかったことがある。

私が目を覚ました場所は王宮内にある教会で、移動した先もやはり王宮内の離宮に当たるようだ。

体の持ち主である金髪の美少女は、ここで生活していたのかな。

目覚めたときに行われていたのって、おそらくお葬式だよね……。しかも私は棺桶の中にいた。……ってことは、この体の持ち主である女の子のお葬式だった可能性が高い。

もしそうだとしたら、彼女の意識は今どこに……？

彼女のことを知るためにも、まずは自分が置かれている状況を理解する必要がある。私は改めて周囲の様子を観察した。

離宮の周りは林になっていて、他の建物は見当たらない。

さっきの教会からもかなりの距離がある。王宮内の僻地という感じだけれど、建物自体はとても美しかった。

手入れの行き届いた花々、白を基調とした外観、繊細な作りのアーチや窓。そして極めつけは東側にある塔。緑の中に隠された美しい御殿という雰囲気で、とてもロマンチックだ。

建物内がまた素敵で、絨毯や壁紙、天井にいたるまですべて、花柄や薄桃色で彩色されている。調度品や美術品などもすべて花にまつわるもので揃えられていた。こういうものの価値がわからない私ですら、どれも高価な一級品なのだろうと察しがついた。

私が運び込まれたのは、バルコニー付きのかなり広い部屋で、リビングと寝室が続きの間になっていた。

まるで高級ホテルのスイートルームみたいだ。いや、行ったことなんてもちろんないけれど。とにかくそういう印象を受けるほど豪華な部屋なのだ。

「おい、おまえたちは寝室までついて来るつもりか？」

寝室の扉を通った直後、青年が静かな声で側近に問いかけた。

ぞろぞろとついて来ていた人たちの動きがぴたりと止まる。

「い、いえ！　ただ陛下――」

「下がっていろ。用があればこちらから呼ぶ」

青ざめた顔で取りすがる側近たちの前で、誰が押したわけでもないのに扉が勝手に閉まる。あたかも魔法のように。私には理解できないことだらけだ。

「……さて」

青年は天蓋付きのキングサイズベッドの上に、私の体をそっと横たえた。

荷物のような扱いで、こちらの意思を無視して運んできたくせに、こういう時だけ紳士的なのはどうなんだ。ちょっとドキッとしてしまった自分が悔しい。

いっそ最後まで雑な感じで、ぽんっと投げ捨ててくれればよかったのに。

「これから魔法を解除するが、大人しくしていてくれ」

青年はベッドの縁に腰を下ろし、仰向けになっている私の目を覗くようにして話しかけてきた。

うわっ、だから顔が近いよ……！

彼が手のひらを目の前に掲げた瞬間、ふわっと体が軽くなる。拘束していたものが取り払われたのだと気づいた私は、本能的にベッドから転がり出ようとした。

だってこのままじゃ心臓が持たない。

ところが後ろから腕を摑まれ、ぐっと引き戻された。そんなに強い力ではなかったけれど、不安定な体勢だったせいで再びベッドに倒れ込んでしまう。

「わっ⁉」

叫んだ拍子に声が戻ったことを自覚する。

青年は私の両手を摑んで上から伸し掛かってきた。

「ちょ、何するの……!?」

驚いて青年の顔を見上げた私は、ハッと息を呑んだ。

一瞬前までの紳士的な態度とは違い、とても威圧的で冷たい目が私を見据えている。

「逃げる気か？」

「ちが……」

「大人しくしていろと言ったはずだ。自由を奪うような真似はできればしたくない」

そんな支配的な目で睨みつけながら言われましても……!!

私はごくりと喉を鳴らした。判断を間違えたらいけない。これって多分、すごく大事な局面だ。もしあっさり従いでもしたら、完全に主導権を握られてしまうだろう。

右も左もわからないこの状況の中で、さすがにそれは危険すぎる。

――よし。

戦ってやろうじゃないの。

「身の危険を感じるようなことが続けば、暴れて抵抗したくもなるよ」

「身の危険？」

「喋れなくしたり、動けなくしたり、あとこの体勢！」

ベッドに押さえつけられたままの状態で、青年のことをむすっと睨みつける。

「素直に俺の言ったとおりにしていれば、こんな状況にはなってなかっただろ」

さっきまではいかにも国王陛下って感じの喋り方だったのに、突然、青年の口調が砕けたものに変わる。なんだ。さっきまでのは余所行きモードだったのか。私としては、陛下モードより、この男子高校生みたいな喋り方のほうが気が楽でいいけれど。

「だいたいこのぐらいのことで身の危険だって？」

お子様扱いするような顔で、青年がハッと笑うのを聞いてカチンときた。

何よ。確実に私のほうが年上なのに。しかも「このぐらいのこと」って。

どう考えてもセクハラじゃない、これ！

馬乗りになって、ベッドに押さえつけてるんだよ!?

「たとえあなたが国王陛下だったとしても、力を行使して人を従わせるなんて絶対間違ってる。そんなふうにされたら、こっちだってますます反発心が生まれるし、まったくいいことがないよ」

一息でそうまくしたてたら、青年が右眉を意味深に上げた。

「やっぱりそうか」

青年は、求めていたものが得られたとでもいうように満足げな顔をすると、さっさと私の上からどいた。

いきなり態度が変わったせいで混乱する。ベッドの傍らに立った彼は、先ほどまでの馬鹿にしていたような笑いを引っ込め、吟味するように私を眺めてきた。

もしかして私、わざと怒るように仕向けられたんじゃない……？

実際、感情的になって余計なことを口走ってしまった。

「今、間違いなく『国王陛下だったとしても』と言ったな？」

あ、ハイ、言いました……。でも多分これ、認めちゃだめなやつだと思う。

私が黙り込んだままでも気にせず、彼は言葉を続けた。

「本来のエミリアだったら、そんな言い方をするわけがない。俺が国王であることなど彼女は百も承知している。おまえが棺の中で目覚めた時からおそらくそうだろうと考えてたが、間違いない。──おまえ、『エミリア』じゃないな？」

「……っ!?」

まさか、こうもあっさり中身が別人だと見破られるなんて思ってもいなかった。

「死んだ人間が突然蘇り、その中身が別人と入れ替わっている。そういう現象については、古くからいくつかの伝承が残っているんだよ」

「伝承って……」

「異世界人にまつわる伝承だ」

「……え。い、今、なんと……？」

言われた言葉が信じられなくて、理解が追いつかない。だってまさか、そんな……。

呆けた顔で瞬きを繰り返す私を見つめたまま、青年は迷いのない口調で続けた。

「状況から考えて、俺はおまえを異世界人だと判断した。当たってるだろ？」

聞き間違いじゃなかった。はっきりと言われてしまった。しかも二回も。

もしかして異世界からの転生者や転移者がゴロゴロいる世界なの？

でも万が一そうだとしても、この子が敵か味方かわからないのにホイホイと自分の境遇を打ち明けるのはまずい。

かなり疑われているようだけれど、とりあえずすっとぼけておいたほうが良さそうだ。

「イセカイジン……？　耳慣れない言葉ですねー。郷土料理の名前とかですか？」

笑顔で首を傾げてみるが、青年の視線が痛い。

「おまえはここことは違う世界に生きていて、エミリアではない別の人間だった。そして、そちらの世界で命を失い、気づいたらエミリアの中に魂が入っていた。そうだろ？」

わあ、そのとおりです。彼ったら完璧に正解を導き出しちゃってる。――なんて言えるわけがない。

「あーなるほど。この国ではそんな物語が流行ってるんですねー。すごく面白そうです。じゃ、私はこれで！」

すちゃっと手を掲げて、青年の脇をすり抜けようとしたけれど、いい笑顔で肩を掴まれ、ベッドに引き戻された。

「それで誤魔化せると思ってるなら、相当な楽天家だな」

悪かったな、楽天家で。

「さっさと認めてしまったほうが楽だぞ。なあ、異世界人？」

確信を持った目で見つめてくる青年の目力が強すぎて、知らないふりをするたびものすごく居心地が悪くなる。

さすが王様。一般人とは迫力が違う。

この目に見つめられて、嘘をつきとおせる人なんているのかな……。

「おまえの抱いている警戒心も、理解できる。だからそのことを責めたいわけじゃない。ただ妃の中身が別人と発覚した場合、生じる影響は計り知れない。それでも、おまえの状況を理解できれば、あらかじめ手を打つことが可能だ。悪いようにはしないと約束する。真実を打ち明けろ。おまえの助けにもなるはずだから」

青年の美しすぎる瞳を見ていられなくなった私は、怪しい行動だとわかっているのに、ついつい視線を逸らしてしまった。

「……どうして私が異世界人だなんて、そう考えたの？」

「おまえ、魔法が使えないだろう」

ん？　おっしゃるとおり使えませんが、なぜ今その質問？

――え。待って。まさかこの世界の人って……。

「この世界ではすべての人間が魔法を使える」

私の不安を感じ取ったのか、青年が先回りしてそう告げてきた。

「この世界にはマナと呼ばれるエネルギーが溢（あふ）れている。マナと各々（おのおの）が持つ魔力（まりょく）が共鳴することで、魔法を生み出せるんだ。しかし魔力は魂に紐（ひも）づいたものだから、この世界の人間の体でも、中身の魂が別世界の人間のものなら、魔法を使うことはできない。――それで？　魔法を使えると言えるか？」

「それは……」

私は血の気が引いていくのを感じながら、言（い）い淀（よど）んだ。たとえ「使える」と言い張ったところで、じゃあやってみろとなったら一巻の終わりだ。

喋れなくなったり動けなくなったりした時点で、私の知らない不思議な力が働いているんじゃないかとは思った。でも本当に魔法が存在するなんて……。

って、今はそれどころじゃない。

うぐぐ。どうしたらいいの。

「警戒心が強いな。まあ、それ自体は悪くない。異世界人だとわかれば、確実におまえを排除（はいじょ）しようとする者が出てくる」

「ちょっと、待って。排除って、どういう意味？」

「監禁（かんきん）するか、殺してしまうか。だからこの部屋に誰も入るなと言っておいたわけだ」

話が物騒すぎて絶句する。

異世界転生したら聖女様扱いされたりするもんじゃないの？　転生した瞬間からイージーモードな人生が約束されているはずでしょう！　それなのにまさか異世界人殺すマンたちの世界に来ちゃうなんて、ついてなさすぎる……！

……あれ。でもこの子は今、そうならないよう他の人を部屋の外に追い出したって言ってくれたんだよね。

「あなたは味方だって思っていいの？」

窺うように尋ねた私に向かって、彼がすっと目を細める。

すべてを見透かすような瞳に見つめられて、うまく息ができない。

「そうだと答えたら、その言葉を鵜呑みにするのか？　たとえば俺がおまえを脅威に感じていて、殺そうとしている。その場合でも楽に事を運ぶため、味方だと言うだろうな」

彼の話を真に受けていいのかわからない。

だって本当にそうしようと思ってる人がわざわざ宣言する？　……するかもしれない。

だけど、こちらの動向を探るために言っているだけという可能性もある。

だめだ。この子の真意が読めなさすぎる。

反応を楽しんでいるかのような余裕ある態度と、時折見せる冷ややかな眼差し。善人なのか悪人なのかまったく判断ができない。

混乱して目を泳がせていると、ふっと笑う声が聞こえてきた。

「そこまで考えていることがわかりやすく顔に出る人間も珍しいな。安心しろ。今のは簡単に人を信じるなという忠告を兼ねて、釘を刺しただけだ。意味もなく妻を殺すような趣味はない」

そう言うとくしゃっと表情を崩した。今までの大人びた微笑とは違う。

上品な顔立ちに年相応のやんちゃさが加わって、それが彼の魅力をいっそう引き立てた。

敵か味方かという問題にプラスして、この妙な色気も長らく恋愛とご無沙汰だった喪女の私にとっては脅威である。

「じゃあ異世界人だということで話を進めるな。初対面だからまずは名を名乗っておこう。俺はテオドール。このルシード連合国の国王だ」

「王様……」

陛下と呼ばれていたことからわかってはいたけれど、本人から伝えられるとさすがに実感が湧いてくる。――って私、どう考えても無礼な態度を取りまくりだったよね!?

そもそも敬語を使ってもいなかった。

いくら自分が異世界から来た人間だからって、さすがに無礼すぎたと後悔する。

「おまえの名は？」

「あの、えっと……私は佐伯えみと申します」

「サエキエミ？」

「あ、えみでいいです。えっと……陛下」

「突然なんだよ。今までどおりに話せばいいだろ。王の前だというのに物おじせず食って掛かって来た態度を俺は気に入った。だから心のまま振る舞え」

「こっちはそのことを後悔したばかりだよ……!?」

慌てふためいていた私はその時、さりげなく伝えられた『気に入った』という発言を聞き流してしまった。

「それよりもエミ。異世界人だと判明したところで聞きたいことがある。この話のほうが本題だ」

「な、何」

陛下が真顔になると、空気が一気に張り詰めた。今までの雰囲気とは比べものにならない、息をするのも躊躇われるくらいの緊張感だ。

「おまえは、この世界に災厄をもたらすほうの異世界人か。それとも希望をもたらすほうの異世界人か」

「災厄って……」

体が竦んで、肩が強張るのを感じた。怯えているなんて思われたくないのに。

「真実のみを答えろ」

陛下の手が腰元に提げている剣の鞘にかかる。嘘や誤魔化しではぐらかした場合、どうなるかわかっているだろうなと、その瞳が言っている。

この世界の人にとって命の価値がどのぐらいのものなのか全然わからないから怖い。

……でもね。あいにくこちとら社畜。上の人たちに詰められる会議なんて、何度も経験してるんだよ。また脅かして従わせようとしてるところも納得がいかないし。

うっすらと背中に掻いている汗は気づかないことにして、私はすっと顔を上げた。

「さっきのあなたの話じゃないけれど、本当のことを聞きたいなら今こそ脅かしたりしないで、相手の気持ちを思いやる態度をとるべきじゃないかな。だってこの状況じゃ、たとえ私が『世界に災厄をもたらすほうの異世界人』だったとしても、絶対そうは言わないよ。害をなすってわかった時点で確実に殺されそうだもの」

自分の伝えたいことを言い終わっても、私は陛下から視線を逸らさなかった。

陛下は意外そうな顔をしたあと、鞘から手を離した。

獲物を射抜くようだった彼の瞳の中に、興味深そうな色が宿る。

「たしかにエミの言うとおりだな。しかもこの状況下でも、俺に言い返してくるとは面白い。――だったらこうするか」

不意に陛下が私の喉に触れてきた。その途端、首の辺りに違和感を覚えた。

まるで首輪を嵌められたかのように感じて、ぎょっとなる。

もちろん首輪なんてものは存在しない。だからなおさらパニックになった。

「な、何これ。また変なことしたの⁉」

「これでおまえは俺に嘘をつけない」

「どういうこと⁉」

叫んだ瞬間、くらっと目眩がした。

「おっと」

陛下はすぐさま背中に腕を回して、私のことを支えてくれた。

「あまり無理をするな。おまえはさっきまで死んでいたんだぞ」

「た、たしかに……」

そういえば棺桶の中でもよろめいて、同じように陛下に介抱してもらったもんね……。

そんなふうに考えていると、陛下が肩に手を添えたまま瞳を覗き込んできた。

「悪いが、まだ休ませてやるわけにはいかない。さっきの問いに答えてくれ」

「『災厄と希望のどちらをもたらすか、私にはわからないよ』」

私の意思に反して、勝手に言葉が口を突いて出る。混乱して喉を押さえながら、声や体の自由を奪われた時と同じだと感じた。きっとこれも魔法なのだろう。

「そんな気がしていたが、やっぱりそうか。で、おまえはどのぐらい状況を把握できている？」

「『異世界転生したのかもって思ってるぐらいで、他はさっぱり……。前の世界で死んだと思ったら突然、ここにいたんだから。正直ものすごく不安だよ』」

ああ、まただ。聞かれたことへの答えを、勝手にペラペラ喋ってしまう。

こんなプライバシーも何もない魔法、最悪すぎる。

「安心しろ。おまえがこの世界に害を及ぼさない限り、我が妻として衣食住の保証は――」

『ちょっと待ちなさいよ!!』

突然、陛下の言葉を遮るように、女の子の怒声が響き渡った。

室内には私たちしかいないのに、声はたしかに部屋の中で聞こえた。

どういうこと!?　また魔法!?

陛下に問いかけようとしたその時、今度は部屋の真ん中にまばゆい光が現れた。

眩しさに思わず目を細める。

それでも私は、光の中から体の透けた少女がゆっくり現れるのをたしかに見た。

「……っ」

驚きのあまり絶句する。

……まさか幽霊!?

『これでもくらうといいわ！』

目を吊り上げそう叫んだ少女が、両腕を前に突き出す。

彼女の手のひらに巨大な光の玉のようなものが湧き上がった。あっと思ったときには、その光がビームとなり、陛下に向かって容赦なく放たれていた。

陛下は少女の出した光と似た青白い炎を出すと瞬時に打ち返し、自分に向かってきた玉を跳ね除けた。

直後、今度はふたつのエネルギーの衝突によって生じた風が、まるで生き物のように陛下を包み込み、続きの間のほうへと弾き飛ばした。

バタンッと音をたてて、乱暴に部屋の扉が閉まる。

そうして陛下は完全にこの部屋から閉め出されてしまったのだった。

『まさか一発目を防がれるなんて、化け物みたいな男ね！　壁に激突させて、失神させてから追い出してやりたかったのに』

透明なままふわふわと宙に浮かんでいる少女が、忌々しそうに呟く。

私はベッドの上に座ったまま、驚きのあまり身動きが取れないでいた。

突然、目の前で繰り広げられた魔法合戦。半透明な少女。しかも彼女は宙に浮いている。

もうどこから突っ込んだらいいのかわからない。

第二章

「な、ななな何、今の……」

『邪魔者を追い出しただけよ』

ふわふわと漂っている美少女が、ふんぞり返って腰に手を当てる。

その顔をまともに見た瞬間、息が止まりかけた。

ローズゴールド色のロングヘアーをした絶世の美少女。

陛下の目を鏡代わりに覗き込んだとき、そこに映っていたのはこの子だ。

ということは……。

「あなた、この体の持ち主さん!?」

『あのねえ、まったく同じ顔をしてるんだから、わざわざ確認しなくたってわかるでしょ』

気づくのが遅すぎるとでも言いたげな呆れ顔で、美少女はため息を吐いた。

そうは言っても、こっちはとっくに頭の中がキャパオーバーしている。

異世界転生してしまったというだけでも衝撃的だったのに、次から次へと私の常識を無視した展開が起こり続けているのだ。それに私が知っている『異世界転生』は、体をくれた本人とこんなふうに対面したりはしない。

「あの、あなたは……」

『エミリア。あなたじゃなくてエミリアよ』

「えっと、エミリア……様？」

陛下の奥さんということは、王妃様だろうから慌てて敬称を付け足す。

ところが彼女は不服そうに頬を膨らませて私を睨みつけてきた。

『様なんていらないわ。あなたと私は王族と臣下の関係じゃないんだから』

「じゃあ……エミリアちゃん？」

エミリアちゃんは、むすっとした顔のまま軽く顎を上げた。お許しが出たってことでいいのだろうか。文句は言われなかったので、とりあえずこの呼び方でいこうと思う。

「そうだ、私も名乗らないとだよね。私の名前は佐伯えみって言うの。偶然同じ『えみ』なんだ」

『偶然じゃないでしょう』

「え？」

『偶然じゃなくこうなる運命だったから、私たちは同じ響きを持つ名前を与えられたのよ』

「う、運命……？」

『まあ、いいわ。そんなことより、エミに言っておきたいことがあるの！』

目の前に美少女の顔が迫ってくる。きっと勝手に体の中に入っちゃったことを怒られるのだろう。だって突然、見ず知らずの人間が自分の体に入り込んで動き回りはじめたなんて、絶対いい気はしないはずだもの。

エミリアちゃんの気持ちを想うと申し訳なくて仕方がなかった。私は彼女の迫力にたじろぎながらも、三つ指をついて頭を下げた。

「このたびは体を間借りさせていただき、誠に申し訳なく……」

『ちょっと、何謝ってるのよ』

まさか謝罪をして怒られるとは思っていなかったので、ぽかんと口を開ける。

『あーもう。その調子じゃ、きっとあっさり言いくるめられて、この国に利用されていたでしょうね。私が出てきてよかったわ。せっかく体をあげたんだから、もっと有効活用してもらわないと。国じゃなくエミ自身にね』

「ちょっと待って⁉　『体をあげた』って……？」

『それ、もうあなたの体よ』

エミリアちゃんにきっぱり言い切られ、目を見開く。

自分の体を、他人のものだと断言できてしまう彼女の気持ちが、私には理解できない。

「いやいや、これはエミリアちゃんの体だよね⁉」

『違うわ。だって私はもう死んでるもの』

「でも、エミリアちゃんはここに存在しているじゃない⁉」

体が透けていたとしても、こんなふうに普通に意思疎通をはかれる。

だから死んでいるという感じが全然しない。

むしろ体から魂が抜け出してるだけって可能性はないのかな。

ホラーなんかでよく聞く幽体離脱というやつだ。

「エミリアちゃんの魂を体に戻す方法はないの？」

私の魂がエミリアちゃんの体に入れたくらいだ。エミリアちゃんの魂が、自分の体に戻ることだって可能なんじゃないだろうか。

しかし私が提示した可能性は、エミリアちゃんにばっさり否定されてしまった。

『ないわね。私は間違いなく死んだから。この世界で死んだ人間は例外なく、輪廻の流れに戻っていくものだもの。異世界に転生できてしまうような、エミの世界とは違うのよ』

「いや、私のいた世界でも異世界転生は物語の中だけの話だったよ⁉　た、多分」

残念ながら自分が転生してしまった今、力強く断言することはできない。

『とにかく私が蘇ることは絶対にありえないから。……戻りたいとも思ってないし』

ぼそっと呟くような声で言われた後半の部分が、うまく聞き取れなくて首を傾げると、不機嫌な瞳で睨まれた。

『いい？　その体はもうあなたのものよ。ありがたく受け取りなさい』

「で、でも……。やっぱりほいほい簡単にもらうわけには……」

『もうあげちゃったもの。返品できないわよ』

「この世界の人って、そんな軽い感じで体を譲（ゆず）るものなの？　こういうことってよくあるの？」

『まさか。伝承でしか聞いたことないわ。それよりエミ、体の返し方わかるの？』

「うっ。それは、わからないけど……」

『私も返してもらう方法なんて知らない。ということで私たちは授受（じゅじゅ）したものについて話すべきよ。私はあと十日間、この世界に留（とど）まっていられるわ。その間にエミがちゃんと体を自分のものにして、人生を満喫（まんきつ）する方向に使えるかどうか、じっくり観察させてもらうわ』

「十日って……」

『魂の状態で漂（ただよ）っていられるのは、死んでから十三日間だけ。すでに三日経っているから、残りは十日よ』

「十日経ったらどうなるの……？」

『その後は、あの世で審判（しんぱん）を受けて輪廻（りんね）転生するのよ』

　彼女の迷いのない言葉を聞いていると、本当にどうにもならないんだという気がしてくる。

　本当に十日後、この子は消えてしまうんだ……。

『ちょっと、そんな辛気臭(しんきくさ)い顔しないでよ！　言っとくけど私、転生するのを楽しみにしてるんだから』

「せっかく王妃になれたのに？」

『王妃なんて最低よ。次の人生では、やりたいことをして、自由に生きてやるわ！』

エミリアちゃんの声は弾(はず)んでいる。

自分が死んだ事実から目を逸らすために強がっているというわけではなさそうだ。

それでも私は複雑な気持ちにならずにはいられなかった。

だって彼女はまだ十四、五歳(さい)にしか見えない。

そんな若さで亡(な)くなってしまった女の子。

本人が受け入れているかどうかにかかわらず、未来ある少女の死はやっぱり悲しい。

――なんてことをエミリアちゃんについて何も知らない私が思うのは、おこがましいだろうか。

安易にこの気持ちを口にするのはいけない気がして、私は少し話題を変えることにした。

幸い尋(たず)ねたいことなら山ほどある。

「私がこの体で生きていくというのは、つまりエミリアちゃんの役を演じていくってこと？」

王妃だったエミリアちゃんに、一般人(いっぱんじん)の自分がなりきれるとは到底(とうてい)思えない。

不安を抱いてそう尋ねると、エミリアちゃんは顎に手を当てて、うーんと考え込んだ。

『私の真似をする必要はないわよ。エミの人生をそんなふうに犠牲にしてほしくないもの。でも人格が別人のように変化したことに関して、なんらかの言い訳が必要ね。私がこの王宮の人たちと関わったのなんて、たったの三日だけど、その数日で結構やりたい放題やっちゃったのよ。多分とんでもなくわがままな女だって印象づいちゃってるわ』

なぜだろう。話している内容のわりに、エミリアちゃんは得意げな顔をしている。わがまま三昧な態度を取ってやったわ、ふふん！　ぐらいに思っていそうだ。

ん？　今三日って言った……？

「エミリアちゃん、お嫁に来て三日でその……亡くなっちゃったの？」

『ええ、そうよ。結婚が嫌で、王宮から脱走して森に逃げ込んだところまではよかったんだけど、雨のせいで足を滑らせちゃったの。斜面を転がり落ちて、岩に頭をぶつけたところまでは覚えてるわ。気がついたら自分の死体を見下ろしてたってわけ』

なんて声をかけたらいいかわからなくて口ごもる。体が弱ってる感じがしたから、なんとなく病気で亡くなったのかもと思ってたんだけど、まさかの事故死だったとは……。

「痛かったよね、エミリアちゃん……」

『同情は結構よ！　それに私、終わったことを振り返ってくよくよしたりしない主義なの』

たくましすぎるエミリアちゃんは、腰に手を当てると、ふんと顎を上に向けた。

『自分が王妃候補として生まれてきたのも嫌だったしせいせいしたくらいよ。好きでもない男と結婚して子供を産む人生を過ごすくらいなら、貧しくても自分で切り開いた道を歩みたいってずっと思っていたの。だから私、生まれ変わるのが楽しみで仕方ないのよ』

たしかに時間は決して戻せない。だから次の人生に目を向けて、希望を託す。

そう考えるエミリアちゃんの強さを私は正しいと思う。

だけど、明るい顔で笑うエミリアちゃんを見ていたら、涙がじわっと浮かんできた。

『ちょっと⁉　どうして泣きそうになるのよ⁉』

「なんでだろ……。でも悲しくって……」

元の世界でもここ数年は、涙を流すなんてことはなかったのに……。

『言っておくけど、王族が政略結婚を嫌がって逃げ出すなんて、絶対に許されないことよ。政治的な事情があるんだから。こんな自分勝手な私は、誰からも同情されちゃいけないし、されるはずもないの。もちろん王妃となった者の死だから、形式上は国をあげて大々的に葬るけれど、実際みんな迷惑に思っていたはずよ』

横をすっと向いたエミリアちゃんの表情が微かに翳る。

気丈な彼女が初めて見せた寂しそうな顔だ。

『だから、エミくらいよ。同情して泣くのなんて』

そんなふうに言ってエミリアちゃんが微笑むから、またどうしようもなく胸が痛んだ。

『だいたい若くして死んだって言うなら、エミだって同類でしょ？　エミはどうして死んだの？』

「私は過労死――じゃ伝わらないか。ええっと、働きすぎちゃって」

『働きすぎで死んだ？　あなた奴隷だったの？』

エミリアちゃんの無邪気な質問がグサッと突き刺さる。

たしかに社畜は、会社の奴隷に近い存在だ。

毎日深夜まで仕事をして、寝るためだけに家に帰って、その睡眠すら不足しがちで、呼び出しがあったら即会社に戻る。プライベートな時間なんて皆無。

『仕事こそが私の人生のすべて』なんて思ってたけど、それで死んじゃったら元も子もない。ゲームの完成だって見届けられなかった。

何より中途半端で脱落したら、投げ出したのと変わらない。きっと今頃、色んな人に迷惑がかかっている。

「奴隷じゃなくて、好きでやってたんだけど……。好きというか、責任感というか……。いや、それほどかっこいいものでもなかったかな」

『奴隷じゃないなら強制されていたわけでもないんでしょ？　どうして死ぬまで大人しく従っていたのよ』

「それは……毎日本当に疲れていて、辞める気力すらなかったというか……」

エミリアちゃんがうわあという形に口を開いたまま、憐れみを込めた眼差しを向けてくる。うん、そういう顔にもなるよね。

『どうかしてるわね。けれど私としては説明しやすくてよかったわ。王妃としての務めを命じられるまま果たそうとしたら、それとまったく同じ状態になるわよ。国民のために働いて働いて、子供を産んで働いて働いて。延々とその繰り返しよ』

「ひいっ」

それは怖い。怖すぎる。

震えているとエミリアちゃんがにやりと笑って傍に近づいてきた。

『でも平気よ。そんなの一切拒否してやればいいの』

「拒否って……？　できるものなの？」

『ええ。今のは普通の王妃の話だもの。私はちょっと事情が違うのよ』

「どういうこと？」

『私と陛下は政略結婚をしたわけだけれど、陛下の国は私の国から支援を受けている立場なの。だから王妃としての責務を放棄しようが追い出されたりはしない。私はこの国の王宮に王妃として存在しているだけで、十分役割を果たしているのよ』

「なるほど……」

元の世界の国際問題と照らし合わせながら頷く。

『どれだけわがままを言っても大丈夫なんだから、思う存分陛下を困らせてやるといいわ！　ほほほ』

「い、いや、さすがにそれはちょっと……。だいたい私が勝手なことをしたりしたら、エミリアちゃんの立場が悪くなるんじゃない？　たとえばわがまま王妃として歴史に名前が残っちゃったり」

　いくら許されるからといって、好き勝手に振る舞えば好感度はがた落ちだろう。

　国民の反感を買い、断頭台の露と消えた歴史上の王妃の名前が脳裏を過る。

『私のことはもう気にしなくていいって言ったじゃない。エミの人生なんだから、自分のしたいことだけを考えなさいよ。そういう意味では今の私の発言だって、別に無視したっていいのよ。エミはどうしたいの？　新しい人生をどんなふうに生きたい？』

「私は……」

　まさかもう一度、人生をやり直すチャンスが与えられるなんて思ってもいなかったから、すぐには言葉が出てこない。

　社畜に戻るのだけは絶対にごめんだ。あんな死に方、最低だもの。

　ゲームでいうなら完全にバッドエンドだし、もう二度と同じ過ちを繰り返したくはない。

　……もしも、エミリアちゃんのおかげでもう一度人生をやり直せるのなら、今度はもっと自分を大切にしてあげたい。

体が喜ぶようなおいしいものを食べて、健康的な生活を送って、自家製癒しアイテムを心ゆくまで楽しむ。ささやかで満ち足りたそんな暮らしを送りたいのだ。

『答えが見つかったみたいね』

「うん、私は――」

　そのとき、続きの間に繋がる扉が、ミシミシと音をあげて軋みはじめた。

『げっ……！　めちゃくちゃ強力な結界を張っているのに突き破られてしまうわ！　あいつの魔力、やっぱり化け物級ね……！』

「あいつって……」

『陛下のことよ！　あの魔法の天才、敵に回すと厄介すぎるのよ！』

　エミリアちゃんがそう叫んだ直後、ばんっと大きな音をたてて扉がはじけ飛んだ。

「少し力を入れすぎたか？」

　破壊された扉の向こうから、陛下が涼しい顔をして現れる。彼の右手には青白い光の残像がある。おそらく魔法を使って、扉を強引に押し破ったのだろう。

『呼吸一つ乱さずに亡霊が作った結界を壊すなんて。あなたにとっては赤子の首を捻るようなものだった？』

「これでもそれなりに手を焼いたけどな。大事な異世界人に何かあったら大変だし？」

　大事な、の部分で陛下は私のほうを見た。さすがに言葉どおりに受け取ったりはしない。

でも陛下の眼差しがあまりに意味深なせいで、妙にドキドキしてしまった。

そんな私の横で、エミリアちゃんは眉間に皺を寄せている。陛下に対する敵意を少しも隠そうとはしない。この二人、夫婦だったはずだけれど、どうやらまったくうまくいっていなかったようだ。

『何かあったらってどういう意味よ。私がこの子に危害を加えるとでも思ってるの？』

据わった目で陛下に詰め寄っていくエミリアちゃんの肩越しに、うっすらと黒い靄のようなものが見えた気がした。亡霊になると心の動きに合わせて、オーラが出たりするのだろうか。陛下も私と同じものを目撃したようで、エミリアちゃんの肩の辺りを見つめたまま表情を険しくした。

「エミリア、そなた――」

陛下が何か言おうとしたタイミングで、今度は廊下に続くほうの扉がバンバンバンバンと容赦のない音で叩かれた。

「わあ、何事!?　次から次へともう！」

私は思わずそう叫んでしまった。

『陛下！　いったいどうされたのですか!?』

『爆発音のようなものが聞こえましたぞ!?』

扉の向こうからいくつもの焦り声が問いかけてくる。

どうして今このタイミングで外にいる大人たちが騒ぎ出したのだろう。

訝しく思っていると、私の前を横切って陛下が扉の前に立った。

「騒ぐな。ただの夫婦喧嘩だ」

その説明はどうなの⁉

爆発音がするほどの夫婦喧嘩なんてありえないし、あったらまずいと思う。廊下の向こうからも困惑しているようなざわめきが聞こえてくる。

「よし、これでいい」

「いや、よくないでしょ⁉　ますます心配されちゃうよ⁉」

そう突っ込むと、陛下が真顔で問いかけてきた。

「どうして？　夫婦とは喧嘩をするものだから、夫婦喧嘩という言葉が存在しているんだろ？」

「何その思い込み⁉」

陛下ったら、本当に意味がわかっていない人の顔をしている。

この一連の流れは、エミリアちゃんとの関係性が、夫婦としてまったく機能していなかったことを感じさせた。もちろん未婚だった私も夫婦のなんたるかなんて語れはしないけれど、陛下よりはましなんじゃないだろうか。

『陛下が外に出て行って、あいつらを引き連れてこの離宮から去ればすべて解決するのよ！』

そう言ったエミリアちゃんがまた手のひらに光の玉を発生させた。でも今度は彼女がそれを放つより先に、陛下が呪文のようなものを呟き、一瞬で光の玉を消してしまった。

「無駄だ。先ほどは私も不意を突かれたが、もう弾き飛ばされるようなことはない」

あれ。陛下、いつの間にか一人称が『俺』から『私』に代わってる。

『ふん。さすが魔力の強大さから、初代国王の再来と言われるだけのことはあるわね』

「まさかエミリアに褒められるとはな」

『はあ？　化け物扱いしてるだけよ』

ああ、また始まった。一触即発のムードに、胃が痛くなってくる。

いきなり魔法合戦を始めるなんて、相当険悪な関係だと思うけど、まさかさっき陛下が言っていたように、この世界の夫婦にとってはこれが普通なの……？

不敵な顔で睨み合う二人と違って、私は完全に気圧されている。空気を読むタイプの日本人としてはとても気まずい。険悪な雰囲気に耐えられず、二人の間に割って入る。

「で、でも、私にですら陛下の魔法がすごいのはわかったよ。大迫力だったし！」

陛下を褒めると、エミリアちゃんがあからさまに不貞腐れた顔をした。

慌てて彼女のほうにもフォローを入れる。

「そんな陛下を外に追い出せたってことは、エミリアちゃん自体もとんでもない魔法の遣い手ってことなんだね！」

『持ち上げてくれてありがとう。けどそれは間違いよ』

　エミリアちゃんは面白くなさそうに説明してくれた。

『霊的な存在のほうが、圧倒的に魔力の潜在能力が高いのよ。だから、霊体になっている今、私の魔力は相当なパワーを持っているの。もっとも強力な魔力を使えるのは、精霊、悪霊、亡霊ね。その次が魔物で、人間はそのずっと下。この世界では一番魔力が弱いのよ』

「え？　でも陛下はさっき……」

亡霊であるエミリアちゃんの結界を破ってみせた。

　私がそう言い終わる前に、エミリアちゃんが悔しそうに鼻を鳴らした。

『すっごく面白くないわ。大きなハンデがあるから、普通の人間は霊的な存在の魔力を前にしたら、手も足も出なくて当然なのよ。なのにあいつは私のバリアを破ってみせたわ』

「陛下って本当にすごいんだ……」

　思わずそう呟くと、エミリアちゃんの眉間の皺がいっそう深くなった。

　かたや陛下のほうはそんな言葉など言われ慣れているらしく、興味がなさそうに肩を竦めただけだ。

「そんなことよりエミリア。私を閉め出している間、エミにいったいどんな話をしたんだ」

『気になるの？　そりゃあそうよね。自分の悪口を吹き込まれていたら、この子を利用しづらくなるものね。でも教えてあげない』

「おい、まさか我が妃を、また名前だけの存在に仕立て上げようと企んでいるんじゃないだろうな」

『ああ、やだやだ。さりげなく「我が」なんて付けたりして！　この子はあなたのものじゃないわよ！』

　言い合う二人を見て、私がしくしくしてきた胃の辺りを撫でていると、再びノックの音がした。

『陛下、ジスランです。ここをお開けください。夫婦喧嘩をしているとおっしゃられたそうですが、扉のこちら側にいる誰一人、そんな言い訳は信じておりません。本当は何が起きているのですか？』

　これまで外から聞こえてきた遠慮がちな声とは、明らかに種類が違う。

　落ち着いた低い声で丁寧に語りかけているけれど、言っている内容に遠慮がない。

「夫婦喧嘩だといえば、他の者は口を挟んでこないはずだろ……。エミ、どうなっている？」

　陛下は私の前にぷかぷかと浮かんでいるエミリアちゃんをひょいっと避けてから、そう尋ねてきた。

　顔を見れば今までになく困惑しているのがわかる。しっかりしていて大人っぽく見えるけれど、やっぱりこの子、夫婦のなんたるかに関してはまったくわかっていないようだ。

私はなんとなく不安を抱きつつ、陛下の質問に返事をした。

「それは偏ったイメージすぎるよ。たしかに犬も食わないようなラブラブ夫婦の喧嘩だったらそうかもしれないけれど、それは日頃の仲の良さや信頼関係あってこそのものだよ。あなたたち夫婦は結婚してまだ数日だし、心配されてもしょうがないよ」

「まあ、信頼関係どころか反発し合ってると思われていたぐらいだしな」

思われていた？　私もそう感じたけれど違うの？

『陛下？　とりあえずこの扉、破壊させていただいてもよろしいでしょうか？』

扉の向こうからの問いを受けて、私たち三人は顔を見合わせた。

一番渋い顔をしている陛下が諦めたように首を振って言い放つ。

「ジスランは他の側近たちとは違う。やると言ったら本当にやるぞ」

「今、扉を開けられて大丈夫なの？」

亡霊となったエミリアちゃんと、私の魂が入ったエミリアちゃんの体。

そのふたつが同じ場にいるのを見られたら、色々まずいのではないだろうか。

第三章

『陛下、すぐに開けてくださらないと、魔法で扉ごと吹っ飛ばしますよ。どうせ防いで怪我もしないでしょうから』

他の大人たちは陛下の前でかなりへりくだった態度を取っていたのに、ジスランさんだけはどうやら違うみたいだ。

不思議に思っていると、陛下がうんざりした顔で説明してくれた。

「あいつは私の右腕で、補佐官を務めている男だ。他の者たちと違い遠慮がない。出て行って適当に誤魔化すしかなさそうだな。その前にエミリア」

『わかってるわ』

エミリアちゃんが私のほうにふわふわと近づいてくる。

『私は一旦退散するわ。エミが異世界人だって事実を広めないためにも、私の存在は隠しておいたほうがいいから。私がいない間、くれぐれも陛下に言いくるめられないよう気をつけるのよ！』

喋っている間にもどんどんエミリアちゃんの体は薄れていき、最終的には完全に消えてしまった。

言いくるめられないように——、か。

失敗した先に待っている社畜生活の再来を思って、ぶるっと震え上がる。

「エミ、俺も説明をしに行ってくる」

「あ、う、うん」

「それからおまえにはこのあと、侍従の診察を受けてもらう」

「侍従……。お医者さん？」

「ああ。突然蘇ってしまった以上、そうでもしなければ不審に思われる。世話係の侍女たちもすぐに出入りしはじめるだろう。異世界人だとバレないようにうまくやれるな？」

私がぎこちなく頷くと、陛下はからかうように笑った。

「気をつけろよ。何せ命に関わるからな」

私の表情がこわばったのを満足げに見届けてから、陛下は部屋を出て行った。

入れ違いで現れたのは、白衣を着た初老の男性だ。どうやらこの人が侍従らしい。

そこからが大変だった。

初老の医者が「体に異常は見られない」というと、すぐに別の医者が呼ばれ、延々その繰り返しになったのだ。

貧血気味というか体にあんまり力が入らないぐらいで、別にどこも悪いところはない気がするのだけど、余計な主張をして変に疑われたくないので、大人しくしておいた。

結局、十人が同じ判断を下すまで、医者チェンジは続き……診断結果は、次のとおり。

——体に衰弱が見られるものの命に別状はなし。

うん、そうだろうと思った。

医者たちは「こんなことは前代未聞だ」「本当に先ほどまで亡くなられていたのか？」などと言い合いながら、首を捻りつつ部屋を出ていった。

いきなり死んだ人間が復活すれば、そういう反応にもなるよね。

私としては彼らが訝しげにするたび、冷や冷やものだったけれど。

とにかくなんとか診察を乗り越えられてよかった。

一人きりになった途端、ものすごくホッとして深いため息が零れた。

「……さてと」

ベッドの上に腰かけたまま、さっきまでの大騒ぎが嘘のように静まり返った部屋を見回す。

窓の外ではちょうど日が暮れはじめていた。淡い水色と薄桃色のコントラストは見惚れるほど美しい。

魔法の存在するこの異世界。色んなことが私のいた世界とは違っていて、目覚めた瞬間から戸惑いの連続だったから、夕焼けの色が同じだという事実に心が揺れた。

「……元いた世界は、どうなってるのかな」

夕焼けが郷愁を煽ったのか、不意にどうしようもなく寂しくなって、ぽつりと呟く。

向こうに置いてきてしまった私の体は、ちゃんと発見されているのだろうか。

郷里にいる父と母の姿を思い出し、肩を落とす。家族のことを思うとホームシックにかかったかのように寂しくなり、言葉にできないような不安に襲われた。

これじゃあだめだ。

落ち着くまでは、できるだけ元の世界のことを考えないようにしよう。

「エミリア様」

ノックの音が聞こえて、ハッと顔を上げる。エミリアという名前で呼びかけられたせいで、すぐには反応ができなかった。

返事がないのを不審に思ったのだろう。遠慮がちな音をたてて扉が開く。

「エミリア様……？　――失礼いたしますね」

ここで起き上がっていたら無視したみたいだし、仕方ないので慌てて目をつぶって寝たふりをする。

足音の感じからして、数人の侍女さんたちが入ってきたのがわかる。

「え……目を開けてないわ！　まさかまた死んじゃったんじゃ……」

「やだ！　嘘でしょ……!?」

覗き込まれている気配がして、ぎくっと身体が強張ってしまった。いけない、いけない。

「あら、動いたわ。……もう、驚かせてくれるんだから。眠っていらっしゃるだけよ。……それにしてものんきな寝顔ね」

「ほんと。あれだけ国中を騒がせておいて、すごい方ね」

「お亡くなりになる前も、わがまま放題だったじゃない。繊細そうな外見に似合わず、相当図太い神経をしていらっしゃるのよ」

私が眠っていると思っている侍女さんたちは、ヒソヒソ声でずいぶんなことを言い合っている。これじゃあますます起きられない。

これって起きてる時も刺々しい態度を取られるのかな……。

わがまま放題って、エミリアちゃん、いったい何をやらかしたの……！

「でも死者が蘇るなんてことが本当にあるのかしら。なんだか不気味だわ」

「もしかして死んだほうが影武者で、棺桶に入る前に本物と入れ替わったとか……」

「やだ、何言ってるの。影武者だったりしたら国際問題よ。戦争になっちゃうかも！」

枕に顔を埋めたまま固まっていると、新たな足音が室内に入ってきた。

「こら、あなたたち。妃殿下の御前でなんですか。お耳に入りでもしたら、職を失いますよ」

年かさの女性の声が、噂をしていた女の子たちを叱りつける。その中の一人が咄嗟に「侍女長……！」と返したので、新たに現れた人の立場がわかった。

「妃殿下、起きてくださいませ。医師の命により、滋養の付くお食事をお持ちいたしました」

よかった。これで狸寝入りは終了だ。

私はできるだけ自然に見えるよう、「うーん」と唸りながら目を開けた。

「お加減はいかがですか？」

私を起こした侍女長さんは、黒いワンピースの上にレースのエプロンを身に纏っていた。年齢は、四十代後半くらい。ひとつにまとめて縛った髪は、丁寧に撫でつけられていて、後れ毛一本ない。多分すごく几帳面な人なのだろう。

返事をしようと口を開きかけたところで、私は躊躇した。

……エミリアちゃんっぽく喋ったほうがいいのかな。

そこでエミリアちゃんが「私の真似をする必要はないわよ」と言っていたことを思い出した。

でもその場合、突然口調や振る舞いが変わったことへの言い訳がいる。

万が一突っ込まれたら、マリッジブルーで荒れていたとでも言おうか？

そういう概念がこの世界になかった場合は……、まあそのときまた考えればいい。

「妃殿下？」

「あ、すみません。具合は大丈夫です」

侍女長さんは一瞬怪訝そうに瞬きをしたものの、王妃が相手だからか、今までと態度が変わったことに関して、特に疑問を投げかけてきたりはしなかった。

「夕食をご用意いたしましたが、お召し上がりになれますか？」

言われてみれば、おなかが空いている気がする。それに病み上がりの時のように、体がぐったりしているのを感じる。これは栄養をつけたほうが良さそうだ。

この状況でごはんを食べようと思える辺り、たしかに私ってのんきなのかもしれない。ただ食事をとることを想像したら、胃の辺りにきゅうっとした痛みを感じたので、口にできるものは限られていそうだ。

エミリアちゃんが亡くなってから三日、その間何も食べていなかったわけだし、万全の状態ではないのだろう。いきなりがっつり系のものを食べたりしたら、胃を驚かせてしまいそうだ。

フルーツとかスープとか、何かさっぱりしたものをいただけるとありがたい。

「えっと。それじゃあ、お願いできますか？」

親しみを込めて微笑みかけてみたけれど、侍女長さんから戻ってきたのは突き放すように冷ややかな眼差しだけだった。

必要以上に関わる気はありませんという態度に、内心がっかりする。

さっきは侍女さんたちの噂話を諫めてくれたものの、残念ながらこの人も味方ではないらしい。

仕方ないので、体を起こした私は黙ったまま食事の準備が整うのを待った。

侍女長さんがパンパンと手を叩くと、キャスター付きワゴンを押した若い侍女さんが部屋に入ってきた。

「んんっ!?」

一連の流れを物珍しく感じながら見守っていた私は、ワゴンの上に並べられた料理を見た途端、驚きの声をあげてしまった。

銀の蓋がかけられたお皿が、三段のワゴンにぎっしり並んでいる。しかもワゴンは一台だけでなく、二台目、三台目と続いて登場したのだ。

たとえ一皿に盛られているのが少量ずつだとしても、到底一人分とは思えない。

「他にもここで食事をされる方がいるんですか？」

恐る恐るそう尋ねると、侍女長さんは怪訝そうに眉を寄せた。

「陛下のことをお尋ねでございましたら、本日も妃殿下のご希望どおり、お食事をともにされるとのご連絡は入っておりません」

細く吊り上がった目を伏せたまま、侍女長さんが事務的に伝えてくる。私の希望というのは、つまり生前のエミリアちゃんがそう望んでいたという意味だろう。

エミリアちゃん、旦那さんと一緒にごはんを食べたくないって主張していたのか。円満夫婦とは程遠いあの二人の間に流れていた空気を思い出すと、たしかにおいしくごはんを食べるどころではないなと思った。

「さあ、妃殿下」

ベッドの上にトレイごと料理が渡される。

目の前で銀の蓋が開けられると、白い湯気と共にもわわわーんと濃厚な匂いが香った。

「こ、これは……」

それ以上言葉が続かない。私は並べられた料理を前にして、思わず絶句してしまった。

真っ黒に近いデミグラスソースの中に、ごろごろと浮かぶお肉の塊。スープの表面には脂でコーティングしたかのように透明な層ができていて、テラテラと光っている。

かなり濃厚なソースであることは口に入れなくてもわかる。

とても豪華だし、きっとおいしいのだろう。

でも残念ながら病人向けの料理からは程遠い。

衰弱している私の胃が、抗議のようにずんずんと暴れはじめた。

漂ってきた匂いにうぷっとなり、慌てて口を押さえる。

「本日の食前スープは、『牛ヒレ肉の背脂赤ワイン煮込み』でございます」

「しょ、食前……⁉　これってメイン料理じゃないんですか⁉」

侍女長さんの片眉が、訝しげにピクリと上がる。

「本日のメイン は、『バター漬け肉のフォアグラキャビアかけ』でございます」

だめだ。食べられる気がしない。というか食べたら、絶対吐いてしまう。

「ごめんなさい！　食欲がないので、メインは結構です……！」

「まあ……。本日は致し方ありませんが、お体の健康を取り戻すためにも、できるだけ残さず召し上がってくださいませ」

こってり系フルコース料理以外を用意してもらえるなら、という言葉はなんとか呑み込み、スープに視線を戻す。正直メインだけでなく、このスープすら今の私にはかなりの強敵である。

でもせっかく用意してもらったのだから、手をつけずに突き返すのは申し訳ない。

匂いは濃厚だし、かなり脂が浮いているけど、実は病人向けの優しい味をしているのかもしれない。

そう自分を励まして、スプーンを手にする。

よ、よし！　いくぞ！

スープを掬い取って、えいやっと口に運ぶ。

「…………うっ」

一口目を口にした途端、脂の香りが鼻を抜けていった。

こってりとした汁が、舌にとろりと絡みついてくる。

　これは思ってた以上に重い。胃がこのスープを全力で拒否しているのが伝わってきて、飲み込むまでにやたらと時間がかかった。おいしいかどうかを判断するどころではない。

　勇気を出して飲み込んだら、ぶるぶるっと震えが駆け上がってきた。今度は本格的にえずいてしまった。なんとか戻さずに済んだけれど、これ以上は無理だ。

「妃殿下？　大丈夫でございますか？　やはり体のお加減が悪いのですか？」

「そ、そういうわけじゃないとは思うんですが……。ちょっと食事をとるのは難しいみたいです……」

「もう一度、医者を呼びますか？」

「あ、いえ、それはいいので……すみませんが、このスープはそのぉ……」

「わかりました。食事をお下げなさい」

「はい」

　ワゴンを運んでくれた侍女さんたちが、静かに頷いてスープ皿を片づけてくれる。

　たしかに空腹を覚えていたはずなのに、食欲は一気に減退してしまった。

「妃殿下、おやすみの前の入浴はいかがなさいますか？」

「……！　お風呂に入れるんですか！」

　侍女長さんの問い掛けは、濃厚スープのショックから、私を救ってくれた。この世界にお風呂が存在していることを知り、小さくガッツポーズをする。自分が異世界転生したらしいと気づいたとき以来、衛生問題に関しては内心かなり不安だったのだ。

現実の中世ヨーロッパ寄りの世界観で、身ぎれいに過ごすという概念が欠落していた場合、現代人の私に耐えられるかわからない。

実は今すでに頭がちょっと痒いぐらいだし。エミリアちゃんが死んでいた間、お風呂に入っていなかったのだから当然と言えば当然だ。

問題は私の体力が持つかどうか。ベッドに座ってもたれかかっているだけでも、結構かったるい。この状況でお風呂に入ったりしたら倒れてしまいそうだ。

「もしよければ蒸しタオルとタライだけ貸していただけますか？　今日は髪だけ洗うことにします」

「では侍女に洗髪の用意をさせましょう。陛下が今宵寝室にいらっしゃるようであれば、お体も洗って差し上げたいところでございますが」

「陛下が寝室に……!?」

思わず素っ頓狂な声で聞き返してしまったけれど、陛下とエミリアちゃんは夫婦なのだから、そういうことも全然ありえるに決まっていた。

いや、でも中身は私だし!?

エミリアちゃんの体をもらったことに対してもまだ戸惑っている段階だというのに、人妻になってしまった自覚など持てるわけがない。

まあ、陛下は私の正体を知っているわけだから、妻として見ることはないだろう。周りの人からの既婚者扱いにさえ慣れればいいだけだと考えれば、多少気が楽になった。

「とはいっても本日のような緊急時以外、昼であれ夜であれ、陛下がこの離宮にいらっしゃることなどありえませんが」

「そうなんですか？」

首を傾げた私を見て、侍女長さんの表情が露骨に不機嫌なものになる。

「『用があってもなくても離宮には近づかないで』。嫁がれた初日、王家の方々の御前で陛下にそうおっしゃられたのは、妃殿下ではございませんか。おかげで陛下は妃殿下のご要望を汲んで、嫁がれてから三日間、一度も会いに来られておりませんし……。まさか、このまま名前だけの妃でいらっしゃるおつもりですか？」

陛下が、エミリアちゃんに向かって「我が妃を、また名前だけの存在に仕立て上げようと企んでいるんじゃないだろうな」と言ってたのは、こういう意味だったのか。

それにしても、旦那さんやその家族の前で近づかないで宣言をするとは、エミリアちゃんってばすごいな……。

でも、どうしてそこまで陛下のことを毛嫌いするのだろう。

「まったくこんな調子では、いつまで経ってもお世継ぎが期待できな――」

「わーっ！　そそそそういう話題はちょっと……!!」

両手を振って、慌てて侍女長さんの発言を止める。ああ、びっくりした。喪女なせいで忘れていたけれど、夫婦といえば当然そういうことも含まれるのだ。

いくら陛下が思わず見惚れてしまうほど魅力的な容姿をした青年だとはいえ、それとこれとは別の話である。今回ばかりは陛下と距離を取っていたエミリアちゃんに感謝だ。

まあ、でもエミリアちゃんともそういうことがなかったのなら、私にも求めてこないだろう。

それからしばらくの間、体を拭いたり、髪を洗ってもらったりして気持ちのいい時間を過ごせた。
とはいえエミリアちゃんの体力は赤ゲージに突入しているので、何をするにも時間がかかる。ふりふりのネグリジェに着替えさせられ、ようやくベッドに入る頃には、夜もかなり更けていた。
ちなみに入浴係の侍女さんたちは、当たり前のように体を拭くのも手伝ってこようとしたので、そこは丁重にお断りした。
だって体を拭いてもらうなんて恥ずかしすぎるし、庶民の私にはハードルが高すぎる。

王族らしくないと思われたみたいで変な顔をされてしまったけれど、仕方がない。

王妃としての振る舞いを意識して気取ってみせたところで、どうせすぐにボロが出てしまう。

もういっそ、庶民的な王妃というキャラでいこうか？

そうすれば変に無理をする必要もなくなるはずだ。

「それでは、私共はこれで」

色々頑張ってくれた侍女さんたちが部屋を出て行く。

静かに扉が閉まり、私一人きりになったとき――。

『やーっと出て行ったわね！　待ちくたびれちゃったわよ』

「わ!?　エミリアちゃん!?」

声に驚いて振り返ると、ソファーの上に寝転がるエミリアちゃんの姿があった。

さすが亡霊。神出鬼没というやつだ。

「いつからそこにいたの!?」

『ずーっとよ。姿を消してただけで、やりとりは全部見てたわよ』

「そうだったの!?」

まったく気づかなかった。この部屋に出入りした私以外の皆もきっとそうだろう。

「気配って完璧に消せるもんなんだねえ。すごいな」

『ふふ、そうでしょう。おかげで侍女たちの陰口もばっちり耳に入ったし』

あれを本人に聞かれちゃったのは、かなりまずいんじゃ……。

『私が他国から輿入れしてきてるうえ、まだ十五歳だったせいで舐められているんだわ』

「十五歳で結婚……。す、すごいね……」

『王族の女ならみんなこのぐらいの年齢で嫁ぐものなのよ。そもそも陛下だって、まだ十七歳だし』

「やっぱり。陛下もかなり若いんだね……」

十五歳と十七歳の結婚。現代日本では考えられない。なんだかクラクラしてきた。

『そんなことより、エミ！　なんなの、あの侍女たち！　呪ってやろうかしら』

「……冗談だよね？」

『本気に決まってるじゃない。でも私のことはいいわ。どうせもう死んじゃってるし。エミがもし嫌がらせをされたら私に言いなさい。やり返してあげる。亡霊の力でひどい目に遭わせてやるんだから』

エミリアちゃんの目が完全に据わっている。しかもまた一瞬、彼女の肩越しに黒いオーラのようなものが見えた。やばい。これ多分、本気だ。

亡霊の力が凄まじいものだということは、今日の陛下との魔法バトルで十分わかっているけれど、ちょっと嫌がらせをされたぐらいで、エミリアちゃんに報復してもらうのはやりすぎだ。

「き、気持ちだけ受け取っておくよ！」

『何よ。私の助けなんていらないってこと!?』

エミリアちゃんが、私の目の前までビュンッと移動してくる。むすっとした美少女に睨みつけられ、ひいっとなる。この話はさっさと終わりにしたほうが良さそうだ。

「そ、そそそれよりね！　エミリアちゃん、私に聞いたでしょ。新しい人生をどんなふうに生きたいかって」

エミリアちゃんの体をもらい、人生をやり直せることになったのだから、彼女にはちゃんと自分の意思を伝えておきたい。

「私ね、今度は自由気ままにのんびり過ごしたい。好きなことをして、好きなだけ寝て、好きなものをいっぱい食べて……。自分を幸せにしてあげたいんだ！」

話しているうちに感情が高ぶり、つい前のめりになってしまった。

そんな私の反応を見たエミリアちゃんは、面白がるように口角をきゅっと上げた。

『いいんじゃない。私も同じ望みを持っているからエミの気持ち、よくわかるわ。——よし！　それじゃあエミが目標どおりの人生を歩めるように、これから十日間、私がしっかり見守っててあげる。あの陛下や煩わしい侍女たちが邪魔しようとしたら、私がちゃーんとなぎ倒してやるから！』

「ええ⁉　そこは穏便な方向でお願いっ……！」

私がそう叫んだ直後、突然、部屋の外に通じる扉がドンドンと叩かれた。

「うわ、な、何⁉」

今日はこんなことばかりだ。

『最悪……。あいつの気配がするわ。私は消えるわね。困ったことがあったら大声をあげて。助けに来るから』

ヒーロー顔負けのかっこいいセリフを残して、エミリアちゃんがスッと姿を消す。

それと同時に、扉の向こうから救いを求めるような声で「妃殿下！」と呼びかけられてしまった。とりあえず急いで返事をすると、侍女さんが顔を出した。

「大変です！　国王陛下がお越しです‼」

「えっ⁉」

表情とまくしたてるような早口から、めちゃくちゃ焦っているのが伝わってくる。

私だってびっくりした。

「陛下、突然、困ります！　今夜は妃殿下の準備が――」

「眠るための準備さえ整っていればそれでいい」

顔面蒼白になって引き留める侍女長さんを軽くあしらいながら、陛下が現れる。

若い侍女さんたちは扉の外でオロオロするばかりだ。そこにいる誰もが陛下の放つオーラに呑まれていた。とにかく陛下には圧倒的な存在感がある。

「私はこのままここでエミリアと休む。おまえたちは下がれ」

「ここで!?」

素っ頓狂な声をあげた私と同じように侍女さんたちも目を見開いている。

でも結局、すぐに深々と頭を下げて出て行ってしまい、室内には昼間と同じように私と陛下の二人だけになった。

「夫が妻の寝所を訪れたぐらいで、皆驚きすぎだと思わないか？」

陛下は部屋の真ん中にあるソファーにドカッと腰を下ろすと、背もたれに片腕を回した。かなりリラックスしているように見える。

かたや私は棒立ちになったまま、慌てまくっていた。だって「このままここでエミリアと休む」って言ったよね!?

お風呂に入る前、侍女長さんが口にした『お世継ぎ』という不穏な単語が、嫌でも甦ってくる。もしかして彼はそういうあれこれを求めて来たのだろうか。

……いやいや、まさか！　私の動向を観察する必要があると言っていたし、きっと探りを入れに来たのだ。

でもそれならわざわざあんなふうに登場しなくてもいいのに。

今頃、侍女さんたちは、私たちの関係を絶対に誤解しているだろう。

「私が得体の知れない存在だから、探ったり監視したりする必要があるのはわかるよ。でもそれってこの時間じゃないとだめなのかな。昼間にリビングでなら、事情聴取にいくらでも付き合うし。そのために妙な誤解を生むのは、お互いに気まずい気がするんだけれど」

「事情聴取か。面白い言葉を使うな。でも真面目にそれだけだと思ってるのか？」

「違うの？」

「もちろん異世界人である以上、警戒を解くつもりはない。ただ、それだけだと思われるのは心外だな。俺は夫婦の絆を深める意思を持ってここへきたのに」

目を見開いた私に向かい、陛下が微笑みかけてきた。

何かを勘違いしそうな甘さを含んだ笑い方だ。

「この国の行く末に影響を及ぼす異世界人だということを置いておいても、エミは俺にとって興味深い存在だ」

「べ、別に私は興味を持ってもらうほど面白いやつじゃないよ」

食い入るように見つめてくるから、ついしどろもどろになってしまう。

『夫婦の絆を深める』という言葉のせいで、平静を保てない。

だって、それはつまり……。

「エミ」

「はいっ⁉」

びくっと体が揺れてしまった。これじゃあ意識しすぎているのがバレバレだ。

一方、陛下はまったく気にしていない様子で、私を眺めている。

「ぼんやりしてるな。体調が悪いと聞いたけど、大丈夫か？　熱は？」

そう尋ねながら立ち上がり、相変わらず棒立ちになっている私の傍へ近づいてくる。

不意に距離を詰められたせいで、私の混乱は頂点に達した。

「わあああ⁉　ストーップ！　それ以上近寄らないで！」

私に触れようとして伸ばされた陛下の手がぴたりと止まる。陛下はなぜか不服そうだ。

「俺に触れられたくないのか？」

「だ、だって……」

俯いて口ごもっていると、業を煮やした感じで陛下が一気に距離を詰めてきた。

普通は抱きしめ合ったり、キスする時以外、こんなに近づいたりはしない。

「ああのっ！　たしかに陛下とエミリアちゃんは夫婦ですが、私と陛下は今日会ったばかりじゃない⁉　だからそ、その！　お世継ぎ問題とかあるのはわかってるけど、まだ心の準備ができていなくて‼　つまり、ご、ごごご勘弁ください‼」

勢い任せでそう謝ったら、陛下の目がまん丸になった。

二人の間に妙な沈黙が流れる。

あ、あれ。もしかして私、やらかしたのでしょうか……。

陛下のポカンとした顔を見て確信を持った。そういうことをしようとしているんだと思って慌てまくったけれど、どうやら早とちりだったようだ。血の気がサーッと引いていく。

うわあああ。穴があったら入りたい……！

頭の中で大混乱を起こしていると、陛下が意地悪な顔をしてにやりと笑った。

「それはつまり心の準備ができたら、名実ともに俺の妻になってくれるってことか？」

陛下はやたら楽しそうに私の顔を見つめている。これはからかわれているだけだ。

そんなふうに自分に言い聞かせても、胸の奥のざわめきが止まらない。

「俺は国王だからな。エミの言うとおり世継ぎは必要だ。だから俺としても、エミが協力してくれるのなら助かる」

「協力……!?」

「俺のこと嫌いか？」

「……っ。き、嫌いっていうか……まだよくわからないし」

「だったらもっと知ればいい」

陛下の指先が私の顎を掬い上げ、強引に視線を合わされた。

ぶわっと顔が熱くなる。

顎クイって！　乙女ゲーの攻略キャラか！

なんて思っている間に、吐息が触れ合うほど近くまで距離を詰められてしまった。

「ちょ、陛下！　だめだめ、離れて！　恥ずかしい……！」

ひいいっとなって涙目で叫ぶと、グイグイ来ていた陛下がぴたっと動きを止めた。

「……その顔は反則だろ」

独り言のようにそう呟き、すっと離れる。心なしか陛下の顔が赤い気がするけれど、余裕な態度で私をからかっていた子だ。多分、気のせいだろう。

「まあ、今回はこの辺で勘弁してやる。そもそも体調を崩しているなら魔法で楽にしてやれないかと思っただけだからな。怯えさせたのなら悪かった」

えっ。じゃあ陛下は、私のことを心配してくれていたの!?　うわっ……それなのに迫られていると思い込むなんて、私の馬鹿……！

「夕食をほとんど残したんだって？」

「あ、うん。異世界転生した影響かわからないんだけど、今はちょっと食欲がなくて……。豪勢な食事を用意していただいたのに申し訳ないです」

明日の朝食では、パンや卵や野菜など、食べやすいものが並ぶはずだ。そうしたら昼食や夕食も同じようなメニューにして欲しいと侍女長さんにお願いしてみよう。

「あと陛下、私のほうこそごめんなさい。勘違いして騒いだりして……」

「意識されていないよりはずっといいけど？」

また私が動揺（どうよう）するようなことをサラッと言ってくるのだから困る。

「ところでエミ、さっきまたエミリアと一緒にいただろ？」

「どうして知ってるの？　エミリアちゃんは陛下が来る前に消えちゃったのに」

「あれだけ強大な魔力を垂れ流していたら、嫌でも居場所がわかる」

またなんでもないことのように言っているけれど、それも陛下自身の魔力が桁違（けたちが）いだからじゃないんだろうか？

「他の人も皆そうやって強い魔力を持つ人の居場所がわかるの？」

「いや、自らの魔力が少なければ無理だろうな」

ほら、やっぱり。

「今の話と関連して、おまえにひとつ忠告しておく。エミリアと親しくするのはやめたほうがいい」

突然の言葉に思わずムッとなる。

「それのどこが私のための忠告なの？　まだ会って間もないけど、エミリアちゃんはいい子だと思う。仲良くするかどうかは自分で判断できるよ」

「俺と対峙（たいじ）した時、エミリアが一瞬、黒い炎（ほのお）のようなものを身に纏っていたのに気づいたか？」

「それは、まあ……」

あの黒いオーラ、やっぱり陛下も気づいていたんだ。

「あれはかなりよくない兆候だ。エミリアの霊体は今、当人の持つ心の闇に侵されかかっている。悪霊になるのも時間の問題だろう。あの禍々しい気配がその証拠だ」

「ま、待って！　悪霊って……？」

「亡霊というのは清らかな存在だ。その分、人間よりも闇に染まりやすい。心に憎悪を抱いて死んだ魂は、あのように闇に呑まれていき、やがて悪霊となる。悪霊となれば見境なく人を襲うようになる。化け物と変わらない」

「で、でもエミリアちゃんが悪霊になるなんて、何かの間違いじゃ……」

「残念だが、間違いようがない。悪霊となった魂を消滅させるよう命じるのも国王の仕事のうちだからな。エミリアも悪霊となればそうするしかなくなる」

「消滅させるってつまり……殺すってこと？」

「死と消滅は別物だ。『死』なら転生できるが、『消滅』は輪廻の流れからも完全に弾かれ、消えてなくなることを指す」

嘘でしょ……。エミリアちゃんは転生するのをとても楽しみにしていたのに……。

「どうしたら悪霊にならずに済むの？」

「あのように黒く禍々しい気配を纏い出したら手遅れだ。諦めたほうがいい」

「何もせずに諦めるなんて嫌。私にできることがあったら教えて」

「入れ込めば失敗した時に傷つくのはおまえだぞ」

「別に構わないよ！」

陛下は私が引くつもりがないと理解したのか、呆れた顔でため息をついた。

「悪霊になるのは死んだ時に憎悪を抱えていた者たちだ。腹の中に溜め込んだ憎悪の感情に、怒りのような負の想いが注がれると、ますます闇の力は増大する。さっきエミリアが闇の力を滲ませたのも、俺に苛立った瞬間だっただろ？」

「それじゃあその憎しみをエミリアちゃんの心の中から拭えば、彼女は悪霊にならずに済むんだね。エミリアちゃんはいったい何を憎んでるのかな……」

「俺だろ」

「えっ!?」

ぎょっとなって目を見開く。

でもたしかにエミリアちゃんは陛下に対してすごくピリピリしていた。

「陛下いったい何をしたの？」

「そんな目で見るなよ。言っとくけど、俺にはまったく心当たりがない。嫁いできた時にはすでに今のような態度だったんだから。初めて顔を合わせた日にいきなり『私はあなたのことが嫌いです。だから用があってもなくても離宮には近づかないで』と言われたんだ」

陛下は困惑した表情を浮かべた。なぜ憎まれているのかわからないのは本当のようだ。

「となると、まずはその部分から解明したほうが良さそうだね。次にエミリアちゃんに会ったとき、直接本人に聞いてみるよ」

「好きにしろ。俺は反対だけど。悪霊になる魂を救うことなんて不可能だ」

試してもいないのに決めつけた物言いをされて、ちょっとモヤッとなる。

「陛下への憎しみのせいで、悪霊になりそうなのかもしれないのに……」

そう呟いたあと、私はしまったと口を押さえた。今の言い方は意地悪すぎた。

だいたい本当に陛下を憎んでるかもわからないのに……。

恐る恐る視線を向けると、陛下は自嘲気味な笑みを浮かべて肩を竦めてみせた。表情と態度に込められた想いを読み取るには、私はまだ陛下のことを知らなすぎる。

「この話はひとまず終わりだ。俺は仕事をする。エミは気にせず先に休め。ああ、警戒しなくても大丈夫だ。共寝をするつもりは、まだないから」

共寝って……!!

その表現に反応してしまった自分を見られたくなくて、私は逃げるように寝室へ向かった。

──真夜中。ふと目を覚ますと、隣室へ続く扉のほうからごくわずかに明かりが漏れているのに気づいた。もそもそと起き上がり、ガウンを羽織ってから隣の部屋を覗きに行くと、扉の開く音で書きもの机に向かっていた陛下が振り返った。

「……陛下、まだ起きてるの？」

「エミこそどうした。眠れない？」

「ちょっと目が覚めちゃって……」

「そうか。今日は色々あったから、そのせいかもしれないな。──俺のほうは朝までかかるから、気にしないでベッドに戻れ」

「え？　寝ないつもり？　そんなに一気にやらなくても、明日でいいんじゃない？」

「これはすべて明日の朝までに必要なものだ」

「これ全部!?　そんな無茶をしていたら、陛下こそ具合が悪くなるよ！」

「いつものことだし慣れてる。それに仕事が残っていると、気になって眠れないんだよ。だったらその時間で執務をしたほうがいいだろ」

それを聞いて私は確信を持った。陛下の思考は完全に社畜のものだ。私も陛下と同じことを考えていたからよくわかる。山のような仕事が雪崩を起こしている惨状を思うと、家に帰ってもベッドに入る気になど到底なれなくて、よく寝ずに仕事をしたものだ。

おそらく私なんかが想像つかないくらい、一国の王は忙しいに違いない。

それでも社畜に通ずる考えを持っているのは明らかにまずいと思う。過労死した立場から言わせてもらうと、社畜生活の先に待っているものなんて身の破滅しかない。

意識して陛下の様子を観察してみると、横顔に疲れの影がちらつく瞬間がたしかにあった。若いからそんなに外見に現れていないけれど、これはおそらく無茶な生活が癖になっている。

「ねえ陛下、普段ちゃんと寝てる？」

「その質問はもう聞き飽きてるんだよ。ジスランがしつこく尋ねてくるから。睡眠ならほとんど毎日取っている」

「それは、心配をかけていて、何度も聞かれるような状況だからじゃないの？」

だいたい睡眠というのは『ほとんど毎日』じゃなくて、『ちゃんと毎日』取るものだ。

かつての自分を見ているような気がしてどうにも放っておけない。

「ちなみにどれくらい寝てるの？」

「二、三時間」

「いやいやいや！　それって仮眠の域を出てないよね!?　もうちょっと寝ようよ！」

「睡眠に費やす時間が惜しいんだ。やるべきことは山ほどあるし」

「だけど、いくらなんでもそんな生活を続けていたら倒れちゃうよ。他の人と分担するとかできないの？」

「どれも臣下に負わせるには責任が重すぎる仕事ばかりだ。代わりがきかない以上、仕方ないだろ」

うわ、出た！

『睡眠時間が惜しい』『代わりを任せられる人なんていない』『自分がやるしかない』。NGワードのオンパレードだ。洗脳された社畜発言が次々飛び出してきて、私は震え上がった。この人やっぱり、完全な社畜だよ！

「そもそも眠気を感じないんだよ。ベッドに入っても仕事の案が浮かんでくるばかりで、まったく眠くならない」

うわあ。それも社畜あるあるだ。

忙しい日々に追われ、疲労が蓄積されすぎると、眠くなくなる。アドレナリンが出まくって、自分が眠いっていうことすらわからなくなっちゃうから。

それにせっかく寝入っても睡眠は浅い。

寝ている間も無駄に脳がフル回転しているのだと、どこかで聞いたことがある。

「陛下って夢を見る？」

「なんだ、エミ。やけに根掘り葉掘り尋ねてくるな。さては俺に興味を持ったな？」

会話をしながらもずっと書類を目で追っていた陛下が、そこで初めて顔を上げた。口角が楽しげに上がっている。

だんだんわかってきた。これは私をからかっているときに陛下が見せる表情なのだ。いじめっ子みたいな顔をしてニヤニヤ笑っている時までかっこいいなんて、整った容姿に生まれた人はずるい。

って、今はそれどころじゃなかった。

もし陛下が本当に社畜化しているなら、手遅れになる前になんとかしてあげたい。お節介おばさん状態だけれど、それでも万が一何かがあって私のようになってしまったら、後悔してもしきれない。

「それで陛下、夢は？　見る？　見ない？」

「仕事をしてる夢を毎晩見る。それがどうした？」

再び陛下の視線が書類に落とされる。私はやれやれと思いながら、ため息を吐いた。

陛下はかなりやばい状態だ。たった二、三時間しか眠ってないうえ、夢を見ているということはまったく熟睡できていない。このままじゃ陛下も過労死まっしぐらである。

ただ困ったことに、ここまで完成度の高い社畜というのは、なかなか他者のアドバイスに耳を傾けない。死ぬ前の私もやっぱり自分の悲惨な現状に目を向けたくなくて、耳の痛い話はすべて聞き流してしまっていた。

社畜とは、ただの働きすぎじゃない。

今思えば心の病も併発していたんだと思う。休むことに罪悪感を抱いて、眠ることができなくて、体に不調を来しているのに気づかないふりをする。以前の私は、どう考えてもまともな精神状態ではなかった。

　そして今、目の前にいる陛下からも似た臭いを感じ取っている。

「陛下、そのままじゃ死んじゃうよ」

「ははっ。俺が死ぬだって？」

「そう。仕事のしすぎでね」

「面白いことを言う」

「信じてないでしょ。仕事のしすぎぐらいじゃ人は死なないって思ってる？　でもね、人は働きすぎで死ぬからね！　私がそうだったから。この言葉の重みはすごいよ！」

「……へえ？」

　陛下は再び手を止めて、私のほうを見た。

　今度は手にしていたペンも置いてくれた。

「エミは病によって命を落としたのか」

「心臓がものすごく痛くなって倒れて、気づいたらこの世界にいたから多分そうなんだと思う。——って私の死因より陛下の話！　働きすぎると私みたいになっちゃうんだよ」

「俺は働きすぎじゃない」

「毎日、睡眠時間二時間なんでしょ」

「三時間の日もあるって言った」

心外だという顔で陛下が反論してくる。そういうのは揚げ足取りというのだ。

「休日は五日おきぐらいに取ってる？」

「なんのために？」

「気分転換したり、疲れを癒したりするためには、定期的に休日を設けることが必要だよ」

「ひとつの仕事が終わって別の仕事がはじまれば、気分は切り替わる。だいたい癒したいと思うような疲れも抱えていない」

「睡眠や休みをろくに取っていないくせに、よく働きすぎじゃないなんて言えたね……」

なんだか話を聞いているだけで疲れてきてしまったので、ソファーに座る。すると驚いたことに書きもの机の前から立ち上がった陛下が、私の隣に腰を下ろした。

どんな心境の変化かはわからないけれど、これは説得のチャンスだ。

「ねえ、陛下。無茶のしすぎだったって、死んでから気づいたんじゃ遅いんだよ。それに考えてみて。たとえば明日、あなたが突然死んじゃったらどうなるか。抱えていた仕事、全部宙ぶらりんのまま置いていくことになるでしょ。それって何より無責任じゃない？残された人たちはいったいどうすればいいの。自分じゃなきゃできない仕事だって一人で抱え込んでるせいで、引き継ぎもままならないんだよ。わかる？今のあなたには突然死ぬ資格なんてない。だから、そんなことが起きないように、自分の健康を顧みる義務があると思うの。責任感を持つなら、そういうところまでしっかりするべきだよ！」

一息にまくしたてたせいで、最後には息切れを起こしてしまった。

陛下は目を丸くして、ぽかんとしている。

私の言った言葉は、すべてブーメランとなって自分に跳ね返ってきている。

こうなってから振り返ると、私は本当に身勝手だった。おそらく今頃、私の仕事の後処理をさせられている仕事仲間たちのことを考えると、申し訳なくてたまらなくなる。

だからこそ陛下が同じ失敗をするのをなんとか止めたい。もしかしたらそのために、私と陛下は出会ったのかもしれない。過労死した私と、現在進行形で社畜脳な陛下。

全然ロマンチックじゃないけれど、私はそこに運命めいたものを感じはじめていた。

「……驚いたな。『死ぬ資格はない』か。休みを取るよううるさいジスランでさえ、そこまでは言わないぞ」

「うっ。すみません……」

「別に謝らなくていい。とにかくエミの言いたいことはわかった。この仕事が終わったら少し考えてみる。それでいいだろ？」

「仕事終わったら朝になってるやつでしょ……！」

だめだ！　響いてるようで響いてない！　陛下の心にしっかり訴えかけるには、この程度では全然足りないのだろう。何かきっかけを与えられたらいいのに。……あ、そうだ！

「ちょっとごめんね、陛下」

「ん？　……うわっ⁉」

私は陛下の肩を摑むと、体重をかけて思いっきり伸し掛かった。

油断しきっていた陛下は、動揺した声を上げただけで、なんの抵抗もしなかった。

おかげで目論見どおり、彼をソファーの上に寝かせることができた。

起き上がられては困るので、上に乗ったままの状態で言い聞かせるように伝える。

「はい、陛下！　寝なくていいから、今から五分間だけ目を瞑って！」

「な、なんだって……？」

慢性的な睡眠不足なのに眠くないと感じるなら、アドレナリンのせいでそう錯覚しているだけの可能性が高い。

そんな状態の体を落ち着かせる方法はいくつかあるのだけれど、目を瞑って横たわるという手は単純なわりに意外と効く。私は陛下の肩を上から押さえつけたまま言った。

「五分間は何も考えないで。陛下の思考を邪魔するために、私、歌でも歌ってるから」

陛下はさっき「ベッドに入っても仕事の案が浮かんでくるばかりで、まったく眠くならない」と言っていた。

考え事をしてしまって、眠れず不眠に陥る人が多いというのは以前、本で読んだことがある。その考え事を頭から消すには、単調でゆったりした音楽が良いとも書かれていた。

病院とかで流れてるオルゴールみたいな音が理想なのだけれど、この世界に有線放送があるわけもない。となったら私が歌うしかない。そう考えて、けっこう真面目に提案したのに、陛下は堪えきれないというように笑いはじめた。

「ふ……ははは！　なんだそれ！」

「陛下、笑いすぎ！　そんなにおかしい⁉　渾身の作戦だったのに！」

「笑わずにいられるか。俺を押し倒してどういうつもりかと思えば、赤子を寝かしつけるような真似をするなんて……」

「え？　……あ！」

たしかにこの体勢、私が陛下に迫っているみたいじゃないか。言われて初めて気づいた。

恥ずかしすぎる……！

「ちょ、あ、あの！　ごご誤解だよ⁉　私はただ陛下に寝てもらおうと思っただけで！」

慌てて陛下の上から身を引き必死に訴えかけたが、陛下はなぜかツボに入ってしまったようで、寝転がった状態でゲラゲラと笑っている。

「はあ……。笑った笑った。大笑いをしたのなんて久しぶりだ」

ようやく笑いの波が収まったらしく、陛下が起き上がる。

バツが悪くて仕方がない私は、ソファーの端で小さくなったままだ。

「エミ、やっぱりおまえ、面白いな。もともと真っ向から俺に言い返してくるおまえを気に入ってはいたけど、それだけじゃなくなってきたよ」

そういえば初めてちゃんと話をした時に、「気に入った」と言われた覚えがある。

あの時は混乱していて、それどころじゃなかったから聞き流してしまったけれど……。

不意にこちらに向かって伸ばされた指先が、頬を撫でて顎に触れてきた。

そのまま痛くはない力で、くいっと上を向かされる。

「本気で手に入れてみたくなった」

熱のこもった真剣な目で見つめられ、呆然としながら陛下を見返す。

「エミリアは俺のことを夫として認めないと宣言したけど、それはエミも同じか？　俺を男として見ることはできない？」

「え、な、何……。どういう意味……？」

「形だけでなく俺の妻になる気はないかと聞いてる」

突然の展開に理解が追いつかず、どうやら口説かれているらしいとわかるまで相当時間がかかった。

こんな言葉をかけられるのなんて久しぶりすぎて、信じられないものを見るような目を陛下に向けてしまう。

ああ、でもそうか。今、私は若くて見目麗しい美少女になっているんだった。

童話の世界からそのまま飛び出してきたようなエミリアちゃんなら、王様から好意を寄せられても、なんら違和感はない。

とはいえ中身は喪女の私だ。恋愛の仕方なんて忘れているし、それ以前に、私の実年齢は二十八歳だ。陛下と年が離れすぎていて、そういう関係になるなんて考えられない。だって、陛下って十七歳でしょ？　世が世なら男子高校生だよ!?

「あのね、陛下。エミリアちゃんは十五歳だけど、中にいる私は二十八歳なの」

「それが？」

「それがって……。年が離れすぎじゃない。十七歳からしたら二十八歳なんておばさんでしょ？」

一回り近く年が違うんだから……。

「馬鹿だな。エミがこの世界に持ってきたのは、魂だけだろ。俺はその魂をおばさん扱いすればいいってこと？」

「そ、それは……」

「そもそも俺は年齢など気にしていない。人は経験や環境によって、若くもなり老いたりもする。生まれて何年経過したかで、その相手を判断するのは浅はかすぎる」

陛下の言っていることは至極もっともで、一瞬、どう言い返せばいいかわからなくなった。

だけど、今のはやっぱり自分のほうが若いから言えるセリフだと思う。

それに見た目でわからなくても、私は自分が二十八歳だということを知っている。

アラサーにもなって、十一個も年下の男の子の言動に振り回されている事実なんて到底受け入れられない。

ましてや異性として見るなんて……。無理無理。そんなのどうかしてる。

「何よりこれはエミリアちゃんの体なんだよ」

「譲り受けたのだから、もうエミのものだろ」

「恋愛となってくると話は別だよ。だってたとえば今の私を誰かが見初めてくれたとするでしょ？　でもその人はエミリアちゃんの外見だから好意を寄せてるわけじゃない？」

エミリアちゃんほど非の打ち所がない美少女なら、大いにあり得る話だ。

でも本当の私は、いつも目の下にクマを作って、生気のない顔をした地味な見た目のアラサー女。決して男性から一目惚れされるような外見ではなかった。

「エミリアちゃんの容姿のおかげで私を好きになってもらうのは騙してるのと変わらない気がするし、相手が誰であれこの世界で恋愛するのはちょっと……」

「理屈屋」

「うっ、悪かったわね」

「でも安心しろ。俺が気に入っているのはエミの性格のほうだ。そもそも見た目だけで言ったら、エミリアのように吹けば飛ばされるような女より、筋骨隆々で俺よりガタイがよくて、戦場をともに駆け抜けられるような猛者のほうがいい」

だいぶ特殊な趣味してない……？

「ま、まあ、とにかく私は陛下を異性として見る気はまったくないので！　そういうことで！」

「それで終われるか。年齢のことやエミリアのことを障害だと思っているのは、おまえだけだ。しかも凝り固まった思考に支配されているだけだろ。それ、強引に壊してやろうか？」

くすっと笑った陛下が、とても自然な流れで再び私の頬に触れてこようとする。

「だーっ、待った待った！　わかってる!?　ほぼ初対面だよ!?　そもそもこういうのは好意を持ってる相手とじゃないと嫌なので!!」

「だったら口説き落とせばいいわけだ」

まるで獲物を狙うような目に射抜かれ、背中を変な汗が流れていった。

「じょ、冗談だよね……？」

「そう見える？」

陛下は私の手を取ると、じっと見つめたまま、指先に唇を寄せた。

「妻を口説き落とすってのも面白そうだ。これから毎晩、エミと会う時間が楽しみだよ」

「……っ」

「――と言いたいところだけど、残念ながら明日から二日間、領地視察のために王宮を離れることになっている」

「あ、そ、そうなんだ」

「あからさまにホッとした顔するなよ」

「う。顔に出てた？」

「露骨にな」

そう指摘してきたわりに、陛下は気分を害しているようでもない。むしろ楽しそうに目を細めて、私のことをじっと見つめてくるので気まずいったらない。

「エミ、視察に同行する気はないか？　傍にいれば危害を加えようとする者から護ってやれる」

視察イコール仕事という単語を頭に思い描いただけで、寒気がした。

身の安全ももちろん大事だけれど、精神面での安全も大事だ！

「ありがとう、陛下。でも私は一人でのんびり過ごしたいの。エミリアちゃんにもらった第二の人生は、仕事に毒されず、悠々自適な暮らしを楽しむって決めたからね！」

「そんな生活、退屈だしすぐに飽きるだろ。――まあそのうちまた誘ってやる。今回の視察は魔物退治も含まれているから、最初の公務としてはキツいかもしれないし」

「魔物退治に連れてくつもりだったの⁉」

「まあな。でも、俺が傍にいるんだから危険なことなんてあるはずがない。むしろ不在に

している王宮よりずっと安全だ」

陛下の実力は目の当たりにしているので、この発言も真実なのだろう。

だけど魔物はさすがに怖いよ！

「ていうか王様が直々に魔物退治に向かうものなの？　軍隊や騎士団とかに任せるんじゃなく？」

「もちろん騎士たちも国を護るために日々戦っている。ただ大型の魔物が現れた場合、俺が出て行くのが一番手っ取り早い」

エミリアちゃんの話によると、陛下は魔法の天才らしいし、きっと陛下の言うとおりなのだろう。それに歴史を振り返れば、自ら戦地に赴いた王は数えきれないほどいたわけだから、不自然なことではないのかもしれない。

「余計な犠牲は出したくないんだ。その点、俺なら魔物に殺されることなど絶対にない」

なんでもないことのようにさらりと言ってのける。だからこそ言葉の重みが増した。

彼はきっと、私が感じている何倍も強いのだ。こういう人が国を引っ張ってくれるのって、国民の立場からしたらすごく心強いだろうな……。

表情に色気があるせいで、大人っぽく見えても彼は十七歳。

初めはそんな若い子が王様って大丈夫なんだろうかなんて、失礼なことを考えてしまったけれど、今のところ未熟さはちっとも感じられない。

「さてと、仕事に戻る」

さっきまでのやりとりが嘘みたいに、陛下は書類仕事を再開する。

このまま朝まで仕事をするつもりなのだろう。そんなこと本当はさせたくないけれど、今の私じゃ陛下を止められない。

こうなったら社畜魂に響く方法をしっかり模索して出直しだ。

乗りかかった舟だし諦める気はもちろんない。待っていなさいよね、陛下。

仕事を再開させた背中を見つめたまま、そう決意を固めた私は、後ろ髪を引かれる想いを感じながらも寝室に戻った。

陛下のことも心配だけれど、エミリアちゃんからもらったこの体だってちゃんと大切にしなければいけない。せっかく与えられた二度目のチャンスなのだから——。

第四章

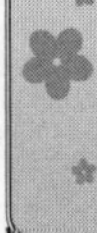

体力ゲージが限界に近かったこともあり、あのあと私はすぐに寝落ちして、気づけば朝になっていた。

陛下の姿はもうなくて、少しでも寝たのかどうかは聞けずじまいだ。

眩しい朝日の差し込むバルコニーの窓の前に立ち、うーんと伸びをしたら、おなかがくううううと鳴った。

「はあ……おなか空いたー……」

夕食をまともに食べていないせいで、実は起きた直後からおなかが悲鳴をあげ続けている。

それにしても昨日の食事の量にはびっくりしたな。

なんで病人にあんな量の料理を出そうと思ったんだろう……。

でもさすがに朝食には、弱った胃の状態でも食べられそうなものが登場するはずだ。

期待しながら待っていると、私が起きた気配に気づいたのか、侍女長さんが侍女さんたちを引き連れて現れた。

「おはようございます、妃殿下」

さっそく食事の準備が始まる。

わくわくしながらその様子を眺めていた私は、血の気が引くのを感じて固まった。

相変わらずカート三台で登場した食事が、テーブルの上に所狭しと並べられていく。

フォアグラのバター漬け、獣臭をぷんぷん放つクリーム色のスープ、みじん切りにされたニンニクがこれでもかとかけられた塊肉のソテー。

嘘でしょ⁉　朝からこれ⁉

豚の頭がどーんと登場したところで、私は食卓からすっと視線を逸らした。

「……あの、もしかして毎食かなり気合を入れて作ってもらってる感じですか？」

他国から嫁いできた王妃をもてなそうという心配りで、ものすごく豪華な料理を出してもらっているのかもしれない。いや、いっそそうだと言ってほしい。お願い。

「それはもちろん妃殿下のためのお食事ですから、手を抜くわけがありません」

「じゃあ他の人の朝食とは明らかに違うってことですか……！」

「どういう意味でございますか？」

「えっと、つまり皆さんが食べているようなメニューを私も食べたいってことなんです」

「ああ、さようですか。先ほど申し上げましたのは、調理作業において手を抜かないという意味でございます」

「……ということは、みんなこんな感じの朝食を食べているってことですか？」

「ええ。もちろんです」

「朝食と夕食に全然違いがないじゃないですか⁉」

「なぜ差をつける必要があるのですか？　朝食で栄養をたっぷりとらなければ、一日を乗りきれませんよ。我が国では高貴な方も、兵士も、農民も、町民も、皆、朝から栄養価の高い食事を好んで摂取しております」

侍女長さんは胸を張って、自慢するように言った。私のほうは頽れそうになっている。

だって、この尋常じゃなくこってりしたスタミナ過剰摂取料理が、この国のデフォルトだなんて……。

「さあ、妃殿下も栄養をおとりくださいませ」

「う……」

おなかは空いている。でも手が伸びない。

匂いをかぐだけで、昨日のトラウマが甦ってきて、うぷっとなってしまうのだ。

口に入れて吐き出してしまうより、素直に状況を伝えたほうがまだいいだろう。

「……ごめんなさい。もっと早く言っておけば良かったんですが、今の私はこういう料理を食べられそうにありません。本当に申し訳ないんですが、次の食事からはさっぱりした味つけのものを出してもらえませんか」

「『さっぱり』とは？　いったいなんですか？」

衝撃的な質問が返ってきて固まる。

まさか、さっぱりの概念すら存在しないとは思ってもいなかった。

「たとえばソースをかけず、塩味だけでもいいんですけれど」

「無茶をおっしゃらないでくださいませ、妃殿下。そんな料理、聞いたことがございません」

ありえないというように侍女長さんが目を剝く。

遠巻きに様子を窺っていた食事係の侍女さんたちも、ざわついている。

気まずいことこのうえないが、ここで変に遠慮すればますます迷惑をかけてしまう。

「それなら自分で作るから調理場を貸してくれませんか？」

「言語道断です。妃殿下が調理場などに出入りするものではありません」

常識的に考えればそうなのだろう。ただ私も切羽詰まっている。

どうしてもと食い下がったら、困惑気味に「陛下の許可がないと、調理場へお通しすることはできません」と言われてしまった。

「でも陛下は二日間、城を留守にしてるんですよね」

「ええ。ですからお戻りになられてからご相談なさってくださいませ」

二日も待っていたら、その間に空腹で倒れてしまう。

何よりめちゃくちゃおなかが空いた。

「だったら調理前の食材をそのまま出してもらえませんか？」

「それはつまり、料理長を解雇するということですか？」

「なんでそんな話になるんですか⁉」

「調理されたものはお召し上がりになりたくないということでございましょう？」

「そ、それは……。今の私の体調では、濃厚な味つけのものが食べられないというだけで、料理長さんを解雇したいわけじゃないんです」

「離宮の料理長は、妃殿下のお食事を用意するために雇われております。妃殿下の口に合うものを出せないのであれば、たとえ王室料理人の資格を持っていても解雇するしかありません」

「……わかりました。今の話は忘れてください」

　このまま話し続けていたら、本当に料理長さんが解雇されてしまいそうだ。私はそんなことを望んでいないし、この世界の味覚に『さっぱりしたもの』という概念がない時点で、たとえ別の人を雇い直しても似たような結果になることなど容易に想像がついた。

　その後、侍女長さんと「召し上がってください」「食べられません」の押し問答を繰り返し、私が折れて一口食べてえずいたところで、料理が下げられることになった。

　やれやれ……。

　もろもろの問題について、陛下に直談判できるまでは、まだ二日もある。

その間の食事だけでも、なんとかしなければならない。

エミリアちゃんの体は痩せているから、これ以上体重が落ちるのは、絶対にまずい。

自分で食料探しに出かけてみようかな。たとえば野菜とか、フルーツ。

そう考えた途端、おなかがぐーと虚しく鳴った。胃の辺りがまだムカムカするけれど、さんざん我慢してきたせいだろうか。居ても立っても居られなくなってきた。

それから侍女さんたちが片づけを終えて部屋を出ていったので、さっそく脱出を試みることにした。善は急げだ。

扉を静かに開けて、そーっと外を窺おうとしたら――。

「妃殿下、何をしておいでですか？」

「ひっ……！」

突然、目の前に無表情の侍女長さんが現れ、思わず悲鳴をあげる。

「びっくりした。ちょっと散歩に行こうかなって……」

「外出も陛下の許可が必要になります」

「ええ!? 私、外出禁止になってるんですか!?」

「当たり前でございます。また勝手に離宮を抜け出されて、何かあったら大問題でございますから」

エミリアちゃんが事故死してしまったから、どうやら過剰に心配されているみたいだ。

「危険な場所に近づいたりはしませんから、安心してください。本当にただ散策がしたいだけで——」

「陛下の許可をお取りください」

う、だめだこれ。取り付く島もない。

しつこく頼んで聞いてくれるような人ではないし、ますます警戒されるだけだろう。

私は小さくため息を吐いて、部屋のソファーに腰を下ろした。

「わかりました。陛下が戻るまで我慢します」

まさか外に出るどころか、建物内すら自由に行動できないなんて……。

陛下は異世界人の私を自由にさせとくわけにはいかないと思ったのだろうけれど、こんなの運動不足でどうにかなっちゃうよ。

エミリアちゃんの体を健康にして、のんびり自由気ままに暮らしたい私としては、この現状を甘受できない。

陛下に同行して社畜にされるぐらいなら、こっちのほうがマシだという気持ちは変わらないものの、さすがに部屋に缶詰なのは受け入れがたい。

次に会ったとき、この問題に関してはしっかりと話し合う必要がありそうだ。

まあそれはともかくとして、今は脱出方法を考えなければ。我慢しますなんて言ったけれど、もちろん嘘である。死活問題なので、諦めるなんて選択肢、こちらにはないのだ。

侍女長さんが再び部屋を出て行ったのを確認してから、小声で呟く。

「……よーし、次はバルコニーを調べてみよう。なんとしても食料を手に入れてやるんだから」

見つからないよう、足音を忍ばせてバルコニーに続く扉に近づいていく。

侍女さんたちは用がない限り私の部屋に入って来ないのが幸いした。

そーっとドアノブに手をかけ、できるだけ音をたてないよう扉を開ける。微かにキィっと軋んだ音がして、ヒッとなった。

慌てて控えの間に繋がるほうの扉を振り返る。よかった。気づかれてはいないようだ。

バルコニーから身を乗り出し、周囲に人がいないか確認する。

「うん、大丈夫そう……！」

『ここから逃げ出すの？』

「うわっ!?　エミリアちゃん!?」

いつの間に現れたのか、エミリアちゃんは私の隣に並ぶと、そこから地上を見下ろした。

『結構高いわよ』

「だね。でもさすがに陛下が戻ってくるまで、空腹を我慢できそうになくて」

『あの仕事馬鹿のせいでエミがこんな目に遭うなんてありえないわ！』

仕事馬鹿という言葉に苦笑を返す。

「陛下も困ったもんだねえ。なんとかして休息を取ってもらえるようにしたいんだけど」

『陛下のことなんてどうでもいいじゃない』

「自分を見てるみたいでなんだか放っておけないんだよね……」

エミリアちゃんはフンと鼻を鳴らして、もう一度地上に視線を向けた。

『侍女長を怒鳴りつけて、メニューを変えさせるほうがずっと簡単なのに』

「ええ!? そっちのほうが私にとっては難題だよ！」

『……まあ、エミがどうしてもやるっていうのなら止めないわよ。見ていて面白そうだし。せいぜい気をつけなさいよ』

「うん。ありがとう」

エミリアちゃんのように飛べたなら、ひとっ跳びで地上に到着できるけれど、生身の人間はそういうわけにもいかない。

私は「よしっ」と気合を入れ直し、最初の一歩を踏み出した。

大丈夫。難しいことじゃない。落ち着いて慎重に行動すれば平気だと自分に言い聞かせる。

柱の出っ張りを両手でしっかり掴んで、まずは右足を伸ばす。とんとんと蹴って足場をしっかり確認してから、左手を離して下へ移動した。うんうん、順調。

幸い高所は得意だし、子供時代、田舎の祖母の家に行ったら必ず木登り遊びをしていたくらいだ。当時の感覚が甦ってくると、楽しみながらするする下っていくことができた。

もちろんエミリアちゃんの体力を念頭に置き、無理のない範囲でだけれど。

『ちょ、ちょっと本当に大丈夫なの……？　やっぱりやめといたほうがいいんじゃないかしら……』

エミリアちゃんが私の周りをそわそわと飛び回りながら尋ねてくる。

面白そうなんて言っていたのに、彼女のほうが私よりずっと緊張した面持ちをしている。

きっと心底心配してくれているのだろう。

「安心して、エミリアちゃん。見かけほど危険じゃないはず！　――えいっ」

『ひっ！　どこがよ!?　見てられないわ！』

「ごめんね、心配かけちゃって。――よっ、と」

『は、はあ!?　し、心配なんて全然してないんだからねっ』

なんというツンデレさんだろう……！

『待って、エミ！　誰か来たわ！』

エミリアちゃんに忠告され、慌てて動きを止める。

耳を澄ますと、たしかに人の話し声が聞こえてきた。この声は侍女さんたちだ。

隠れるため、急いで柱の後ろに回る。洗濯道具を抱えた侍女さんたちが通り過ぎていく。

……エミリアちゃんに教えてもらえてよかった。

あの調子で降りていたら、間違いなくセミ状態で柱にしがみついているところを見られていた。

なんとか侍女さんたちをやり過ごすと、また静寂が訪れた。

「ふう……。間一髪……。ありがとう、エミリアちゃん」

お礼を言われたのが照れくさいのか、エミリアちゃんはぷいっとそっぽを向いてしまった。その耳元が赤くなっている。ふふ、かわいいな。

小さく笑いながら、私はさっきよりも慎重に残りの距離を下っていった。

そしてついに、足が地面に着いた。

「やった……！　外だ……！」

小さい声で叫んで、ガッツポーズする。なんとか館を抜け出すことができた。

こんなことならもっと早く試せばよかったと思いながら、辺りに人がいないかを再確認する。

うん、問題ない。

妙に監視の目が甘いのが少し引っかかるけれど、きっと人手不足なのだろう。

噴水のある前庭と、青い空を目にした私は、小躍りしたいような気持ちになった。

慣れない場所だからか、たった半日閉じこもっていただけでも解放感がすごい。まるで

　二徹明けのあと、会社を出た瞬間みたいに気分がいい。

　外はポカポカと暖かく、体感としては初夏くらいの気候に感じられた。

　深呼吸をして、胸いっぱいに清らかな空気を吸い込む。陛下にお荷物状態で運ばれた時は気づかなかったけど、空気がめちゃくちゃおいしい。

　改めて館を見上げると、広大な林を背負うようにして建っているのがわかった。

「敷地に林まで持っているなんて、さすが王族。規模が違うねえ」

『そんなことよりエミ、これからどうするの？』

　日光浴を楽しんでいた私をエミリアちゃんが急かしてくる。開き直って状況を楽しみ出した私とは違い、エミリアちゃんは私が見つからないか気が気じゃないみたいだ。

「林の中で、食べられる木の実や野イチゴを探してみるよ」

『そんなもので満たされるの？　調理場に直接乗り込んで、命じるものを出せって脅かしてやればいいのに』

「ははは……。それは最終手段にとっとこうかな」

　調理場で暴れたくはないので、どうか林の中で食べ物が見つかりますように……。

　そう期待して、木々の中に踏み込んでいく。

　ただ、まともに食べていないせいか、あっという間に息が切れてきた。

　木々は鬱蒼と生い茂り、緑や土の濃厚な香りがする。この林にいる限り、ちょっとやそっとのことじゃ見つからないだろう。少し木陰に座って、呼吸を整えよう。

『その体、使い勝手が悪いでしょ。結婚するのが嫌で嫁いで来る前に断食をしてたから、体力がかなり落ちてるのよ』

「断食⁉」

あまりのことに素っ頓狂な声で叫んでしまった。

つまり結婚したくなくて、ハンガーストライキを起こしたってこと⁉

まさかそこまで嫌だったなんて……。

そんな状況の中、強引に結婚させられたから、陛下に憎しみを抱くようになってしまったのだろうか。

「ねえ、エミリアちゃん。実は聞きたいことがあるの。どう言ったらいいのかな……」

『私が闇に侵されかけてる話のこと？』

本人に直接伝えてもいいものか悩んで言葉を探していたから、エミリアちゃんに先回りされてかなり驚いた。

『陛下がエミとその話をしているとき、私も傍にいたから全部理解しているわよ。あいつ、私がいるのも知ったうえで話していたし。憎悪にあっさり呑まれないよう自覚を持てってことなんでしょうけど、陛下に指摘されるまでもなく、ちゃんと気づいていたわよ。苛立つたびに心の奥のほうから、どろっとした熱のようなものが湧き上がってくるし。それがどす黒い力に変わっていくものだから、嫌でもわかるわよ』

「エミリアちゃん……」

『でも悪霊になるつもりはないわ。私はちゃんと転生して、今生で得られなかった幸せを手に入れるんだから！』

エミリアちゃんの前向きさに救われる想いで、私は何度も首を縦に振った。

「うん、うん！　私も協力するから！　死んだ時に抱えていた憎しみをなくせたら、悪霊にならずに済むかもしれないって陛下も言ってたし。エミリアちゃんが憎んでるのって、陛下のこと？　どうしたらその憎しみが消えるのか考えたいから教えてくれる？」

『嫌よ！　言いたくない！』

前のめりになって矢継ぎ早に尋ねた私から逃げるように、エミリアちゃんがすっと背中を向ける。

「あ……」

自分がエミリアちゃんの心の中にずかずかと土足で踏み込んでいこうとしたことを理解して、私は凍りついた。

馬鹿だ、私。いくらなんでも無神経すぎた。

知り合って間もない人間から、「あなたは何に悩んでるの？　何を憎んでる？」なんて聞かれても、答えられるわけがない。

「ごめんね。いきなりぶしつけなこと聞いちゃって……。エミリアちゃんが悪霊になるかもって思ったら、焦っちゃって……。でも順番が違ってたよね」

　エミリアちゃんは背中越しにチラッと私を振り返った。

「エミリアちゃん、私とたくさん話をしよう？　それでもしどこかのタイミングで気が向いたら、その時はエミリアちゃんの気持ちを教えてくれる？」

　残り九日しかないからと焦るのはやめよう。

　大事なのはエミリアちゃんの気持ちなのだから。

　エミリアちゃんは迷うように視線を彷徨わせたあと、こくりと小さく頷いた。

『……ねえ、エミ、私が傍にいるのが嫌なら消えるわよ』

「へ!?　嫌じゃないよ!?　なんでそんなふうに思ったの!?」

『だって……私、きつい言い方しかできないし……。自分が他人に好かれる性格じゃないことぐらいわかっているもの』

「待って待って！　強く拒まれるようなことを言わせちゃったのは私のほうだし、エミリアちゃんは何一つ悪くないよ！　それに私、エミリアちゃんのこと結構好きだよ」

『なっ……』

　俯いていた顔を衝動的に上げたエミリアちゃんは、ぱくぱくと口を開けたままどんどん赤くなっていった。

『んななな何言ってるのよっ⁉　信じられない……！　こんな私のことを好きなんてどうかしてるわよ⁉』

「どうして？　エミリアちゃん、すごくいい子だし、ちょっと素直じゃないところもかわいいし、それに――」

『もういい‼　この話題終わり！』

エミリアちゃんが真っ赤な顔で言い放つ。私が笑っていると、そっぽを向いてしまったエミリアちゃんが独り言のような声量でぽつりと呟いた。

『……でも、気が向いたから一つだけ話してあげる』

「えっ」

『私が陛下を嫌っているのは、すべてのきっかけがあいつだからよ』

「きっかけ……？」

なぜエミリアちゃんの気が変わったのかわからないまま、尋ね返す。

『私の結婚話が浮上したのは、十歳の時だったわ。相手はもちろん陛下。そのときは私もすんなり受け入れて、嫁ぐための準備や花嫁修業を懸命に頑張ったわ。ところが話が出た半年後、陛下側の都合で無期限の延期を申し入れられたの。どうせなら婚約解消してくれればよかったのに。宙ぶらりんのまま、私は放置されることになった』

それはたしかに辛い。お嫁に行くため、一生懸命準備をしていたのなら尚のことだ。

……あれ、でもエミリアちゃんはさっき、『陛下を嫌っているのは』という言い方をしたよね。

「エミリアちゃん、陛下のことを憎んでいるわけじゃないの？」

エミリアちゃんはむっつりした顔で黙り込んだ後、渋々というように頷いた。

『でも嫌いよ。大っ嫌い。すかした態度はいけ好かないし、余裕ぶった表情を見てるとムカムカしてくるわ。しかも陛下が結婚を延期したせいで、私の――！』

泣き出しそうな顔でそう叫んだエミリアちゃんは、ハッと息を呑み慌てて口を噤んだ。

『……これ以上は話したくない。結婚が延期になった件は陛下も知ってるんだから、あとはあいつにでも聞いて』

「うん、ごめんね。でも、ちょっとでも話してくれてありがとう」

『べ……別に。……食べ物探すんでしょ。そろそろ行くわよ』

エミリアちゃんの言葉に頷いて立ち上がる。

「よし、それじゃあ散策再開！」

わざと明るい声でそう言い放ち、元気よく歩き出す。

エミリアちゃんは気まずそうな表情を浮かべて私のほうをチラチラと見ている。振り返るとサッと視線を逸らされるので、私は敢えて気づかないふりをして、勢いよく手を振りながら歩いた。

私が重い空気を出してしまうと、きっとエミリアちゃんは話したことを後悔してしまう。

エミリアちゃんが言いかけた言葉のあとに続くものがなんだったのか、陛下はどうして結婚を延期したのか、色々気になることはあるけれど、一度頭を切り替えることにした。

柔らかな風が吹くたび、木々が軽く揺れ、明るい木漏れ日が躍る。鳥の鳴き声が、あちらこちらから聞こえてくる。

視線を動かして鳴き声の主を探してみれば、枝の上を走っていくリスの姿を目撃できた。

「見て、エミリアちゃん！　リスだよ！」

『な、何よ……。別に珍しくもないでしょ……』

「そうなの？　私は野生のリスを見るのなんて、生まれて初めてだよ。やっぱり外に出てよかったな」

はしゃいでいるふりをしているわけではなく、本心からの言葉だ。

「天気もいいし、空気はおいしいし、最高だー。もうちょっと体力がついたら、ゆっくり散策したいな」

『またバルコニーから抜け出すつもり？　あれはあんまりいい方法とは言えないわよ。あんなの間近で見せられたら心臓がいくつあっても足りないわよ。まあもう止まってるけど』

「えっ、今のどう反応したらいいの？」

『笑いなさいよ！　冗談がすべったみたいで虚しいじゃない！』

だんだんいつもどおりの会話になってきたので、ホッとする。

乾いた落ち葉を踏みしめ、緩い坂をのぼると、突然林が終わって視界が開けた。

「ああっ!!」

思わず喜びの声をあげる。

なんとそこには小さな畑が広がっていたのだ。しかも手前の左側には、手ごろな大きさのキュウリやトマトがなっている。まさに今が収穫時という感じの瑞々しさだ。

「お、おいしそう……」

ごくりと喉が鳴る。でも、まさか管理された畑から野菜を盗むわけにもいかない。

『規模も小さいし離宮専用の畑でしょうね』

「こんなふうに王宮の敷地内で自給自足するのって、よくあることなの?」

『畑自体は別に珍しくないわね。私の国では、薬術関係の研究施設が王宮内に設けられていたから、薬草園があったし』

「なるほど……」

ここに来てついに異世界転生らしいご都合主義展開が発生したのかと疑ったけれど、どうやらそういうわけでもないらしい。

「畑を管理しているのは調理場かな。この野菜、少し分けてほしいってお願いしてみようかな」

『どうせ調理させろって取り上げられるわよ。勝手に食べちゃえばいいじゃない。エミは王妃なのよ？　この王宮内にあるものは、すべて自分のものと思って問題ないのよ。誰にも咎められはしないわ』

「ほんとに……？」

猛烈な空腹と、躊躇いがせめぎ合う。

太陽の光を受けて、キュウリもトマトもつやつや輝いている。

自然と頭の中に味が思い浮かんできて、食べてみたいという衝動が強くなった。

さっきからおなかはぐーぐー鳴りっぱなしだ。こんなに色の濃くて立派な野菜、スーパーではそうそうお目にかかれない。自分がどんどん誘惑に屈していくのがわかる。

「すみません、ちょっとだけ……！」

誰に向かってかわからない謝罪の言葉を呟き、手を伸ばす。

新鮮なキュウリにはトゲがあるので、指を傷つけないよう気をつけながら一本もらう。

茎がしっかりしていて、なかなかもぐのが大変だ。

「よし、とれた！」

ドレスの端っこでキュウリのトゲを折りがてら、土を落として表面を磨く。

色つやがいいだけじゃなく、端から端までの太さが均一だ。

田舎のおばあちゃんに教わったおいしいキュウリの特徴を思い出す。お尻側が膨らんでいると、水分が下に溜まってしまうため、実に空洞ができやすくなる。そういうキュウリはスカスカしていて、歯ごたえが悪い。味も薄らぼんやりしてしまう。

でもこれは絶対においしいキュウリだ。

「いただきます！」

かぶりつき歯を立てると、ポリッという軽快な音が響いた。

口の中に、瑞々しいキュウリの味が広がっていく。

「……っ！　んーっ……おいしい！」

カリカリポリポリと音を立てながら、二口、三口、と続ける。歯ごたえがいいし、味も濃厚だ。種すら大きくて、ぷりぷりと柔らかい。私は夢中で口に運んだ。

「はぁっ、こんなにおいしいキュウリ初めて！　最高だよー！」

『よく生で食べられるわね。しかもソースもかけずに』

「新鮮なキュウリやトマトだったら、生で食べるのが一番なの――」

『待って！　林の中から誰か来るわ！　私、消えるわね！』

嘘っ!?　私も隠れないと……！　……って、どこに!?

林の中ならまだしも、ここは見晴らしのいい畑の中だ。

どどどうしよう!?

食べかけのキュウリを持ったままオロオロしていると、枯れ枝を踏む音をたてて、気難しそうな顔つきの男性が現れた。

彼と私の目がばっちり合う。万事休すである。

「――妃殿下。いったい何をしていらっしゃるのですか？」

初対面だけれど、男性はエミリアちゃんのことを知っているらしい。

そして私のほうも身なりから、彼が誰なのか予想をつけていた。

ひょろりと背の高い男性は白いコックコートを身にまとっている。この状況下で遭遇したら一番気まずい相手、料理人さんである。

料理を残しまくっているうえ、畑でキュウリを失敬していたところを見られてしまうなんて……。

しかも、しっかり撫でつけられた男性の髪はグレーがかっている。

おそらく年齢は五十代。これはもしかしなくても――。

「申し遅れました。お初にお目にかかります。私は離宮で料理長を務めさせていただいているクラークと申します」

やっぱり私が思ったとおり、料理長さんだった。

「あ、あの！　ごめんなさい！　キュウリ、勝手に食べてしまいました……！」

急いで頭を下げて謝罪すると、戸惑うような声が返ってきた。

「私に謝罪なさることなどありません。しかし生の野菜をそのまま食されるなど、お体に障る可能性がありますよ。妃殿下がそのような行動をとられたのは、私がお口に合わぬ料理しかお出しすることができぬからでしょうか？」

「いつもごはんを残してしまってごめんなさい!!　せっかく作ってくださったのに、本当に申し訳ないです……」

「いえ、お口に合わないものしかお出しできないのは私の不徳の致すところ。陛下がお戻りになり次第お願いするつもりでおりましたが、どうか私を解雇してください。様々な味の料理をご用意してみましたが、私には結局妃殿下がどのような料理をご所望なのかすらわかりませんでした」

料理長さんがカイゼル髭の下の薄い唇を歪めるのを見て、うっと萎縮する。

むっつりとした表情から、とても気難しそうな人だという印象を受けた。

「あの……侍女長さんから聞いていませんか？　さっぱりしたもの……つまり、簡単な味つけの料理がいいってことを」

「侍女長からは『妃殿下はとにかくあなたの作る料理がお気に召さないようです。ソースの味つけや、調理方法を変更してください』と言われました」

なんてことだ。それじゃあいつまでたっても私の求める料理が出てくるわけがない。

だってこの国には、『さっぱり』という概念が存在しないのだから。

「ごめんなさい。行き違いがあったみたいで……。私は今、胃の調子があまりよくなくて、バターやニンニクを使った濃厚な料理を受けつけられないみたいなんです。だからできれば、塩だけを使った薄味の料理を出していただきたいと希望を出したんですが……」

「下味段階のものをお召し上がりになりたいということですか？」

困惑しきった顔で料理長さんが尋ねてくる。

「妃殿下、それは料理とは言えません。やはり私を解雇していただき――」

「いやいや、待ってください！　塩で味つけしただけでも十分おいしい料理もあるんです！　たとえばそこのジャガイモ！」

私は畑の中に咲いた薄紫色の花をビシッと指さした。

もしこの仕事が嫌なら引き留めることはしないけれど、料理長さんは自分のせいだと思い込んで責任を取ろうとしているだけだし、今の流れのまま辞めさせるわけにはいかない。

「ジャガイモを使った冷製スープとか、私は大好物です。ブイヨンを使って作ることが多いけど、新ジャガなら塩味だけでも十分おいしいんですよ！」

「冷製スープは大量のバターで炒めた食材を、肉の脂身から取ったたっぷりの出汁で煮込むからこそおいしいのでは？」

「そうとも限りません！　食材の質が良かったり新鮮だったりすると、簡素な味つけでもおいしく食べられるんです」

「……それは興味深いかもしれません。濃厚なスタミナ料理を好むこの国とは、まるで真逆ですな」

料理長さんは関心を持ってくれたようで、真剣な顔で頷いている。

ここはいちかばちか、実演させてもらえないか聞いてみよう。言葉で説明するよりもずっとわかりやすいし、もしそれで『さっぱりした味つけの料理』について理解が得られれば、私たちの間に生じた誤解は解決する。

「お願いがあります。私にジャガイモの冷製スープを作らせてくれませんか？」

「妃殿下は料理をなさるのですか？」

「はい。けっこうレパートリーも多いんですよ」

料理長さんの細い眉が信じられないというように大きく動く。

王族が料理をしそうにないことはさすがに察しがついたけれど、私は私らしく無理せずに庶民派王妃のキャラでいくと決めたのだ。

「どうですか。一度だけ、調理場をお借りできませんか？」

「……わかりました。正直、私も妃殿下の求めていらっしゃるものの謎を解きたいと思っています。調理場にご案内いたしましょう」

料理長さんとともに離宮に戻ってきた私は、やや緊張しながら彼の後について廊下を進み、一階の奥にある調理場へと案内してもらった。

中はかなり広々としている。ここで何人分の料理を作っているのかわからないけれど、ちょっとしたレストランの厨房ぐらいはありそうだ。

壁や床、釜はすべて石造り。火のついた大きな壁炉には、鍋をぶら下げる黒い鉄の棒や、フライパンを載せるための台が設置されている。

料理の仕込み中なのか、鍋の中で何かを煮込んでいるようだ。

むわっとした脂の匂いが、鼻の先まで漂ってくる。庭に面した窓がせいせいと開け放たれていたため、新鮮な空気が出入りしているのが救いだ。

床には大きな甕が置かれていて、水がなみなみと注がれている。中央の作業台には、籠に入った野菜や果物が山のように盛られていた。

まさにファンタジー映画の世界だ。テーマパークに来ているようで、ちょっと感動してしまう。

調理場内には若い料理人さんが数人いて、下処理を行っていた。

私の顔を見た途端、彼らは慌てて頭を下げた。なんとも居心地が悪い。

「皆、聞いてくれ。これから妃殿下に調理場を使っていただくことになった。――さあ、妃殿下。必要でしたら、私どもの料理はすべてどかしますので」

「とんでもないです！　すみっこをお借りできれば十分なので！」

「では、こちらでどうぞ。私は隣で拝見させていただきます」

「は、はい」

私は小さくなって、調理場の中に入っていった。正直すごく気まずい。

料理長さんは職人気質なタイプのようで、威圧的な雰囲気をめちゃくちゃ醸し出している。彼は王妃を前にしても、決して媚びたりしなかった。

もっとも料理長さんだけでなく、この離宮で働く人たちは、他国から嫁いできたエミリアちゃんのことをおそらくあまりよく思っていない。それは私にもひしひしと伝わってきていた。

現に今も料理長さんの私を見る目は、警戒心に満ちている。私自身は無害な存在だと思うのだけれど、使用人の皆さんにそれをわかってもらうには時間がかかりそうだ。

でもそれを今気にしたところで状況は変わらない。

せっかく調理場を使わせてもらえることになったのだ。

気持ちを切り替えて、お料理に集中しよう。

「じゃあ、お借りします……！」

袖をまくり、手をしっかり洗ったら、料理開始だ。

私は小さい頃から料理がとても好きで、毎日キッチンに立つ母の隣で、調理方法を教わってきた。おかげで都内の大学に通うため家を出たあと、学生生活を送る四年間は楽しく自炊をして過ごせた。

でも入社してからの六年間では、料理をした回数は数えるほど。

本当に久しぶりなので、ちょっぴり緊張する。

そのうえ、邪魔にならないよう少し離れた場所に立った料理長さんが、ものすごく興味深そうに、私の一挙一動を目で追っている。

でも、せっかくの機会だ。こってりした味つけ以外の調理法も知ってもらいたい。

ジャガイモの冷製スープは、時間のある日曜日の朝、母がたびたび出してくれた私の好物だ。

大丈夫。レシピや段取りはちゃんと記憶に刻み込まれている。

落ち着いて、丁寧に。そして真心を込めて料理すれば、あの懐かしいスープを再現できるはずだ。

私はすうっと息を吸うと、姿勢を正して、ジャガイモに手を伸ばした。

まずは皮を剝いたジャガイモと玉ねぎを薄切りにする。それから壁にかかっていた鉄のフライパンを借りた。火のついた炉の上にフライパンをかざして調理するなんて、初めての経験だ。火加減は、火との距離で調整するらしい。これはコツを掴むまで時間がかかりそうだ。

フライパンの上に手をかざして、熱気が届くのを確認してから、譲ってもらった一欠片のバターをポトッと落とした。小さな泡をたてながら、瞬時にバターが溶けていく。ふわっと漂う香ばしい匂い。ここ最近、料理に使われた大量のバターには拒絶反応が起きてしまっていたけれど、やっぱり熱せられたバターの匂いには食欲をそそられる。

料理ってこういうところが好きだ。

おいしそうな匂いを楽しみながら、少しずつ完成に向かっていくこの感じ。

だんだんと心が活力を取り戻していく。気づけば私は鼻歌を歌っていた。

バターがとろとろに溶けたら、ジャガイモと玉ねぎを投入し、炒めていく。

ジャガイモのスープは白い見た目も大事だ。玉ねぎを焦がしてしまうと茶色く濁ってしまうから、火加減には十分注意しなくてはならない。また火とフライパンの距離を推し量りながら、弱火で丁寧に炒めていく。

隣からぼそっと「バターの量が少ないのでは……」という声が聞こえてきた。この世界の料理は、大量のバターを使っているもんね。

直接尋ねられたわけではないものの、一応「この料理はバター少なめで平気なんです」と返しておいた。もちろん私にとっては、決して少ない量ではない。

じっくり時間をかけて炒め続けていると、玉ねぎが透明になり、しんなりしてきた。

ここで塩胡椒を振り、味つけをする。

味つけが終わったら、小鍋に水を入れて、ジャガイモと玉ねぎを移し、弱火でことこと煮込んでいく。だんだん料理の感覚が戻ってくるのを感じた。

おたまでアクを取りつつ見守っていると、ジャガイモが柔らかくなってきた。

自在鉤にかけて温めていた鍋を火から下ろそうとすると、料理長が手を貸してくれた。

「妃殿下。道具の扱いにはお気をつけください」

「わっ。ありがとうございます……」

寡黙な雰囲気に圧倒されつつ、素直にお礼を伝える。フライパンを持つだけでエミリアちゃんの腕はプルプルしちゃうので、料理長さんに手を貸してもらえて助かった。

次は鍋の中の具を木べらで潰していく。

かたまりがなくなり、常温まで冷めたら、今度はシノワを使って濾す。この一手間をかけるかかけないかで、舌触りが全然変わるので、妥協はできない。ソース作りに特化したこの国の文化のおかげで、当たり前のようにシノワが存在していたのは助かった。

「さて、こんなものかな」

本当は食べる前に冷やしたい。

冷蔵庫はどう考えてもないだろうから、ボウルか何かに入れて氷水で冷やそう。

そう思って周りをきょろきょろ見回していたら、料理長さんがすっと歩み寄ってきた。

「妃殿下、何かお探しですか？」

「えっと、スープを冷やしたくて。氷ってありますか？」

「冷やすなら魔法冷蔵庫内の瞬間冷蔵機能をお使いになられては？」

「え!?　あるんですか!?」

この世界に冷蔵庫が!?

でも『魔法』という言葉が付くなら、私の知っている冷蔵庫とは使い勝手が異なるかもしれない。

驚いていると、調理場の隅にある大きな箱の前に連れて行かれた。

「もしや、冷蔵庫をご覧になったことがないのですか？」

料理長さんに言われて、私は適当に話を合わせた。

「そ、そうですねー。私の国には存在していなかったので……。これはどういう仕組みなんですか？」

「魔法を用いて、この巨大な箱の中を、常時一定の温度で冷やしているのです」

魔法ってそんな使い方もできるんだ……!?

「ここに入れると、瞬時に最適な温度に冷やすことができます」

さあどうぞと促された私は、ひくっと頬を引きつらせたまま固まった。

まずい……。だって私は魔法が使えない。

そういえば陛下がこの世界の人は皆魔法が使えると言っていた。

どうしよう。魔法冷蔵庫を使えないなんて言ったら、この世界の人間じゃないとバレてしまう。

どうしよう。まごついていると、料理長さんが言葉を足してくれた。

「これは魔道具の一種なので、作成時点ですでに魔力が込められております。術者の魔力で冷えているので、ただ箱を開けて、中に入れるだけでご使用いただけます」

「なるほど……！」

助かった！　それなら魔法が使えないとバレずに済む。私は胸をなでおろした。

料理長さんによると、上段の扉が瞬間冷凍、下段の扉が瞬間冷蔵、中段のもっとも大きい扉が冷蔵保存用とわかれているそうだ。

下段の瞬間冷蔵扉を開けると、普通の冷蔵庫と同じように、ひんやりした冷気が中から流れてきた。これで本当に『瞬間冷蔵』できるのかな。不思議に思いながらも、教わったとおりにしてみる。スープの入ったお鍋を入れて、一度扉を閉めると、すぐ出しても大丈夫だと言われた。

えっ、もう⁉　驚きつつ、扉を開けて鍋に触れると――。

「わ、冷た……！」

すごい。本当に冷えている。魔法めちゃくちゃ便利だ！

これで完成まであと一歩。

「料理長さん、牛乳をわけてもらえますか？」

料理長さんはすぐに、冷蔵庫の中から瓶に入った牛乳を取り出してくれた。

朝搾ったばかりなのだという。ありがたい。

それを十分冷えた鍋に少しずつ加え、スープをのばしていく。おたまによそって、少し高いところから流した時、わずかにとろみがあるくらいが一番おいしいのだ。よし。こんなところだろう。

最後にもう一度、塩と胡椒で味を調える。現実世界ではさらにコンソメスープの素を入れていたけれど、この世界に存在するわけがない。さすがに今、ブイヨンから用意している時間はないので、シンプルな味で挑むことにした。新玉ねぎから、甘い味が滲んでくれるだろうし、塩胡椒でも十分おいしく食べられるはずだ。

器によそっていると、料理長さんが黙ってパセリを置いてくれた。お礼を言ってからパセリを水洗いして、細かくみじん切りにする。スープの中央にパラパラッと落として飾りつけると、鮮やかな緑がいいアクセントになってくれた。

「できた！」

さっそく実食だ！

作業台の脇をちゃちゃっと片づけて、壁際にあった椅子を一脚借りてくる。

「妃殿下、そういうことは私たちが……！」

料理長さんが止めに入ってきたけれど、「大丈夫です」と笑顔で返し、さっさと運んでしまった。

「いただきます！」

スプーンで掬って試しに一口。すぐに優しい味が口内に広がった。

そう、これこれ。母から習ったスープの味だ。ほどよくとろりとしているけれど、決してしつこくはない。新鮮な野菜だからこそ出せる深みのある甘い味がした。

飢えていた胃袋が、喜んでいるのを感じる。ああ、久しぶりに体が求めているものを食べられた。

「ふー、満たされる……」

グーグー鳴っていたおなかが、なんとか落ち着いてくれた。ただ、スープだけで満足してしまうのは問題だ。ほとんど絶食状態だったから、胃が小さくなっているのだとしても少食過ぎる……。

これから少しずつ食べられる量を増やしていかなくちゃ。

最後の一滴まで飲み終わってスプーンを置いたとき、斜め上の辺りから強い視線を感じた。

首を傾げつつ顔を上げると、こちらを凝視している料理長さんとばっちり目が合った。

料理長さんが慌ててあらぬほうを見る。でも、すぐにまた視線が戻された。

もしかして私のスープに興味を持ってくれているの？

勘違いだったら恥ずかしいけど、知らんぷりもしていられないので、確認を取ってみる。

「あの、よければ料理長さんもどうぞ」

料理長さんはぐむっと唸って、鍋の中のスープと私を交互に見やった。むっつりした顔のままなのに、彼が何を考えているのか手に取るように伝わってくる。

ものすごーく葛藤しているらしい。

さすがにその態度で確信を持つ。やっぱり料理長さん、私の作ったスープに興味を持ってくれているんだ。

でも職人としての意地が邪魔をして、素直になれないのだろう。

ちょっと頑固者だけど、このおじさん、嫌いじゃないかも。

私は苦笑して立ち上がると、スープを一人分よそった。

料理長さんは濃い味つけが好きな人だ。そういう料理を毎日作っている。

私のスープが彼の口に合うことはないだろうけれど、できれば試してほしい。

「もしよかったら一口だけでも、味見してみてください」

料理長さんは眉を下げて、私を見つめてきた。

そういう顔をされると、いよいよ憎めない。

「……妃殿下と言えど、お世辞で褒めることはいたしませんよ。料理人のプライドがありますので」

「無理して褒めてもらいたいなんて思ってませんって」

私が肩を竦めて笑顔を向けると、料理長さんは目を見開いたまま固まってしまった。

「料理長さん？」

「あっ、し、失礼しました」

逃げるように俯いた先には、私のスープがある。料理長さんは一度大きく息を吐き出すと、腹を括るための儀式のようにグッと目を閉じた。

「では、少しだけ……」

ひと掬いしたスープをじっと見つめたあと、料理長さんがスプーンを口に運ぶ。

最初の反応は、やっぱり私が予想したとおりのものだった。

「……濃厚さとは真逆の味だな」

ああ、やっぱり。

ところが、すぐにつき返されてしまうかと思いきや、料理長さんは二口、三口とスープを口にし続けた。

「……だが単調というだけでもない。この味には旨みが潜んでいる……。それにこのなめらかな舌触り、口内に広がる優しい甘み……。シンプルながら、素材の持ち味を活かしているな……」

　完全に独り言になっている。

　私が困惑していることにも気づかず、料理長さんのスプーンは止まらない。

「もう一口……」

　驚いたことに、結局、料理長さんはスープを完食してしまった。

　調理場はなんともいえない静寂に包まれている。

　うっ、息が詰まる。

　たまらなくなって、私のほうから「どうですか？」と聞きかけたとき――。

「申し訳ありません、妃殿下。今の私には、この料理を語る言葉が見つかりません」

「えっと、お口に合わなかったなら無理しないでください」

「いえ。そうではないのです」

　たじたじとしている私をじっと見つめたあと、料理長さんは慇懃な態度で丁寧に頭を下げた。

「私は私の料理に誇りを持っています。濃厚な味つけ、すべての者の腹を満たすボリューム、見た目の豪華絢爛さ。――妃殿下のスープを口にした率直な感想は、『未知の味だ』というものでした。ですが私はたしかに、この味の中に『旨み』を感じているのです。ただこの旨みの正体がなんなのか、まだわからない……。王室専属料理人となってから十五年。私の舌は濃厚な味に慣れすぎて、繊細さを失ってしまったのかもしれません。料理人として、お恥ずかしい限りです」

自分を恥じるように頭を下げた料理長さんを前に、私はますますたじろいでしまった。

そこまで重い話だったっけ……!?

「妃殿下。よろしければ今後も私に料理を振る舞っていただけませんか」

「私は料理させてもらえるなら、ありがたいですけど」

「妃殿下の料理に感じるものがなんなのか、その正体を見極められなければ、私は料理人としてこれ以上成長することができないでしょう」

さすがにそれは大げさでは……!? 素人の趣味料理だよ、これ!?

「さっそく明日からお越しください」

そのうえせっかちだ。

「妃殿下の料理を食べさせていただけるなら、例えクビになっても構いません」

料理長さんが拳を掲げて、力強く頷く。思わず「クビになったらだめでしょ!?」とツッコミを入れたら、調理場内に明るい笑い声が起こった。料理長さんはなぜみんなが笑っているのかわからない様子で首を傾げたあと、場の雰囲気につられたように表情を崩した。

笑うと取っつきにくい印象が和らいで、イケオジという感じの雰囲気になる。

彼は思ったより怖い人じゃないのかもしれない。

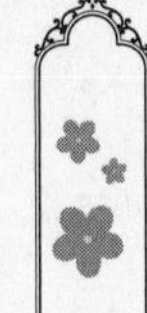

第五章

バルコニーから脱走(だっそう)することを覚えた私は、翌日も早朝に起きて同じように畑に向かい、とれたての野菜をいただいたり、それを調理場に持ち込んで料理をさせてもらったりした。

料理長さんとは、だいぶ打ち解けられたと思う。

彼(かれ)の口数は相変わらず少ない。

けれど、別に私を嫌(きら)っているわけではなく、単に寡黙(かもく)な人だということがわかってからは、最初に感じていた苦手意識もあっさり消えてなくなった。

さりげなく隣(となり)にいて、重たい鍋(なべ)をさっと運んでくれたりもするし、ムスッとした顔をしていても、かなりいい人なのである。

しかも料理長さんは、私の味の好みを理解しはじめてくれているようで、調理していない果物や生野菜、濃厚(のうこう)ソースで味つけをしないシンプルなパンなどを私用に用意してくれるようになった。

その日の午後は、運動不足を解消するため外に出ることにした。

問題なく食事をとれるようになった今、それでも私が部屋を抜(ぬ)け出(だ)しているのは単にそれが楽しいからに過ぎない。

自由気ままにやりたいことをしてのんびり生きる。

私がこの世界に来て最初に掲げた目標を、とりあえずは達成できている気がする。

本当はコソコソしなくて済めば最高なのだけれど……。

バルコニーから散歩に出かけるとき「一緒に行かない？」と誘うと、エミリアちゃんは『しょうがないわねえ。ついて行ってあげるわ』と言って、すごくうれしそうな顔をした。

エミリアちゃんがこうやってツンデレっぷりを披露するたび、私が身悶えているのは言うまでもない。

まるでかわいい妹ができたみたいで、とてもうれしい。

そう伝えたら、エミリアちゃんは真っ赤になって口ごもってしまった。

徐々に仲良くなれている気はするのだけれど、実際はどうだろう。

少なくとも私はエミリアちゃんのことをどんどん好きになっている。

ただエミリアちゃんの感情が乱れるような話題が出ると、あの黒い靄が彼女の背後に滲むので、それがすごく気懸りだ。

そうこうしているうちに陛下が王城へと戻って来た。

なんと彼は、到着するのと同時にこの離宮に顔を出し、使用人さんたちをざわめかせた。

陛下を部屋に通すと、侍女さんたちはお茶の用意だけしてそそくさと部屋を出て行った。

気の使われ方が露骨で居たたまれない。

思わずため息を吐いた私と違って、向かいに座る陛下は、涼しげな顔で寛いでいる。

なんで自分だけそんなに余裕なの。あからさまな雰囲気に気まずさを感じたりしないのだろうか。ちょっぴり納得がいかない。

「どうするの、陛下……。絶対変な疑いを持たれちゃったよ」

現に侍女さんたちは芸能人のスキャンダルが載った週刊紙を眺めるような目で、私と陛下のことをチラチラと眺めていた。

「それが狙いだからな。外堀を固めれば、エミが俺を意識するようになるかもしれないだろ？」

「なにそれ。そんな作戦に乗るわけないでしょ」

「今も結構動揺していたように見えたけど？」

「それは気まずさからです！」

とはいえ陛下にはエミリアちゃんとの結婚延期の件について聞きたいと思っていたので、このタイミングで会えたのはよかった。

私は自分がしてしまった失敗や、その結果、まずはエミリアちゃんと仲良くなることから始めようと思ったことを陛下に伝えた。

「ふうん。それでも俺を嫌っている理由は引き出せたのか。やるじゃないか、エミ」

「それより、エミリアちゃんは陛下を憎んでいるわけじゃなかったんだよ！」

「確実に俺を嫌ってはいるが、憎悪するほどではないってことか」

陛下は面白がるような顔で、顎に手を当てた。

「陛下、気にしてないの？　エミリアちゃんからその……よく思われてないことを」

「エミリアどころか、誰からどう思われようがまったく気にならない。大事なのは自分がどう思うか。それがすべてだろ」

「す、すごいね。私だったらどんな相手からであれ、嫌われたら確実に落ち込んじゃうよ」

ただ、陛下のさっぱりした性格のおかげで抱えていた疑問を尋ねやすくなった。

「ねえ、エミリアちゃんとの結婚を延期したときのことって、覚えてる？」

「ああ。隣のテイラー公国との間に諍いが起き、結婚どころじゃなくなったんだ」

「それってエミリアちゃんの国？」

「いや、エミリアの祖国であるアーネット王国と我が国ルシード連合国の間に、テイラー公国という小国が存在しているんだ」

なるほど。エミリアちゃんは国を一つ跨いでお嫁に来たわけか。

頭の中に大雑把な地図を思い描きながら頷く。

「結局、その三月後に戦が始まった。加えて、長い間、病を患っていた父の病状も悪化してしまった。父に何かあった場合、長男の俺が即位することになるわけだから、落ち着くまで結婚どころじゃない。それで、期限のない延期を申し出ることになったんだ」

今、陛下が王位を継いでいるということは、彼のお父さんはおそらくお亡くなりになったのだろう。

「そんなことがあったんだ……。大変だったね……」

どう言葉をかけたらいいのかわからないまま、しょんぼりとして項垂れると、小さくため息を吐いた陛下が少し乱暴に頭を撫でてきた。

「なんでエミが落ち込むんだよ。もう済んだことだし、先の国王が逝去したのは三年も前の話だぞ」

「でも……。ちなみに、結婚の延期は戦争が原因だって、エミリアちゃんは知ってるの？」

「さすがに知らないってことはないだろ」

「そっか……。延期の理由が戦争なのは、止むを得ない理由だと思う。となるとやっぱりエミリアちゃんは、結婚延期そのものよりも、それをきっかけに起きた何かによって心を傷つけられた可能性が高いってことじゃないかな」

「当時のことを探らせようか？　数日かかるだろうが、エミリアの祖国に密偵を送り込めば、それなりの情報を得られるはずだ」

陛下が協力を申し出てくれるとは思っていなかったのでびっくりした。

残念ながら、この申し出は辞退させてもらったほうがよさそうだけれど。

「ありがとう、陛下。でも、エミリアちゃんの過去を調べるのはやめておくよ。絶対に嫌がるだろうし。それに本人の口から話してもらわないと意味がない気がするんだ」

「そう言うと思った。まあ、エミのやりたいようにやってみろ」

「うん。だけど正直、残りの日数を考えると焦っちゃって……。自分がやってることが本当に正しいのか、不安になってくるんだよね……」

「どれが正解かわからない状況なら、自分の選んだ道が正しいんだと信じたほうがいい。迷いや焦りはどんなときも枷にしかならないからな」

陛下の言葉には重みがある。もしかしたら彼は今まで何度も、答えのない問題と向き合い、それを乗り越えてきた経験があるのかもしれない。

「弱音を聞かせちゃってごめんね。エミリアちゃんに信頼してもらえるよう頑張ってみるよ」

「エミリアとはよく一緒にいるんだよな？」

「う、うん？　あれ、その話したっけ？　侍女さんたちが部屋に入って来るのは、用がある時だけだから。残りの時間はほとんどエミリアちゃんと遊んでるよ」

「え!?」

「なんで夫の俺より、エミリアのほうがおまえと過ごしてるんだ……。納得いかない」

「それは陛下が忙しいからでしょう⁉」

「そうだけど、でも面白くない。俺が一番エミを独占する権利を持ってるはずなのに……」

独占する権利……⁉

「しかもエミはエミリアを気に入ってるんだろ？」

陛下が何事もなかったかのように話し続けるので、私もさっきの発言は聞き流すことにした。

「エミリアちゃんって本当にいい子だし、素直だし、傍にいて居心地がいいんだ」

「素直か……？　俺にはへそ曲がりなわがまま娘に思えるけど」

「ふふ。そのほとんどが照れ隠しなのは、表情を見てればすぐわかるよ」

「まあ、俺が生きてるエミリアと口をきいたのは、嫁いできた当日だけだし、それも一言二言言葉を交わした程度だからな」

「まったく会いに行かなかったの？」

「会いたくないと言ってるのに、無理強いはできないだろ。政略結婚をした夫婦がうまくいかないなんて、よくある話だ。エミリア本人の望むとおりにさせて、また別の姫を娶れば済むと思ってた」

「そういうものなんだ……」

一夫多妻制もありなのか。現代人且つ一般人の私からしたら、もちろんナシだから、さすがに立場の違いを感じずにはいられない。陛下と恋愛するなんてありえないという想いが、いっそう強くなっていくのを感じた。

だって、旦那さんを他の人と共有っていうのはちょっとね……。

国王だし政治的理由から、子供がたくさん必要なのはわかる。

でも頭で理解できるのと、自分が当事者になれるかどうかは別問題だ。

「エミ、なんだか戸惑ってないか？」

「あ、ううん！　なんでもない。——ちなみに陛下自身は、エミリアちゃんのことをどう思っていたの？」

「どうって、何も？　俺を嫌ってるなーとしか」

「え!?　それだけ!?　お嫁さんとして嫁いできた相手なのに!?」

「そうは言っても妻だと認識するより前に、先制攻撃をしかけられたからな。その瞬間『俺たちが夫婦関係を築くのは無理だな』と結論を出した」

「そ、そっかあ……」

「ところで、俺のほうもエミに聞きたいことがある」

「うん。なあに？」

「俺が留守にしている間に、ずいぶん色々とあったみたいだな。バルコニーから抜け出して冒険をしたり、厨房で料理を作ったそうじゃないか」

ニヤリと笑った陛下に、突然爆弾を投下されてぎょっとなる。

「なっ……⁉　なんで知ってるの⁉」

「監視をつけてるから。おまえのことならなんでも知っている」

「うそ⁉　まったく気づかなかった……」

だいたいそれ、悪びれることなくサラッと言うこと⁉

「……ってその監視役の人は私が異世界人だって知ってるの？」

「信頼できる部下数人にはエミのことを話してある。監視役を任せてある者もそのうちの一人だ。安心しろ、やつが裏切ることはない。それから、おまえの意を汲まなかった侍女長は辞めさせる。侍女たちもおまえに敬意を払っているとは思えないから、まとめて解雇するつもりだ」

「え⁉　だめだめ！　みんな一生懸命働いてくれてるし、それはやめて」

陛下がエミリアちゃんみたいなことを言い出したので、ぎょっとなる。

もしかしてこの二人、実は似た者同士だったりするのではないだろうか。

「庇う必要なんてないだろ。王妃であるおまえに不快な思いをさせている時点で、やつらは使用人失格だ」

「私は大丈夫だよ！　お互いにまだ慣れてないから、うまく関係性を築けていないだけ

「なの」

「今後も、良いほうに変化するとは思えない。身の回りの世話をする時以外、侍女たちは明らかにエミを避けているだろ？」

「……どうしてそんなことまで知ってるの？」

「俺のつけている監視役は優秀だ。普段は密偵の仕事を任せている人間だからな」

「密偵に妻の動向を報告させるってどうなの!?」

たしかに連日ずいぶんあっさり抜け出せるなとは思っていたのだけれど、警備の手が少なかったのは私の動向をしっかり見張っている人がついていたからなのか。

……うーん、でもそうか。監視されていたのか。

初めて会ったときに、陛下が私に尋ねてきたことを思い出す。

あの日、私は陛下からこの国に災厄をもたらす異世界人なのかと陛下から問いつめられた。

傍にいて行動を見張ろうとしたぐらいだし、考えてみたら監視をつけられるぐらい当たり前だ。

とはいえ、モヤッとはする。

私がどれだけ否定したって、『異世界人は災いをもたらす可能性がある』と思われている以上、信じてもらうのは難しいのだろう。

　でも、私にそういう意思がないことだけは、しっかり伝えておきたかった。

「一応言っておくけど、私は別にこの国に害をなそうなんてつもり、まったくないよ」

「監視をつけられていることが気に入らない？」

「まあ、それはね」

「悪いが外してやることはできない」

「でしょうね……」

「そんなにむくれた顔をするな。もちろんおまえが異世界人である以上、万が一に備えておく必要はある。だが、監視をつけているのはそれだけが理由じゃない。危険な相手にエミが異世界人だとバレてしまった場合、どんな目に遭うかわからないと話したよな。そんな状況の中、おまえに監視もつけずにいるわけがないだろ」

「えっ!?」

　もちろん身の危険について忘れていたわけじゃない。ただ、陛下が私の安全を考えてくれているという頭がなかったから、その言葉にハッとさせられた。

「なんで驚く？」

「だって……陛下、私のこと心配してくれたの？」

「何今さらなこと言ってるんだ。視察に行く前だって、俺と一緒にいたほうが安全だから共に来ないかって誘っただろ」

「私が災厄をもたらす異世界人かもしれないから、見張っていたいのかなって思ってた……」

「それとこれとは話が別だ。俺はエミを気に入っている。だから心配しているだけだ」

陛下のストレートな言葉にドキッとなる。

誰かから心配されたのなんていつぶりだろう……。

社畜時代は、ちょっとでも体調を崩せば健康管理が甘いと怒られ、大雨や台風の日も死ぬ気で出社しろと命じられていたし、どんな状況でも気遣われることなんてまったくなかった。それが当たり前になっていたせいで、すっかり忘れていた感覚が心をほわっと包み込む。

「陛下、ありがとう。心配してもらうのが久しぶりすぎてびっくりしちゃった。でもすごくうれしかったよ」

陛下がくれた優しい想いを胸に抱えたまま微笑みかけると、彼はわずかに目を見開き、数秒遅れて真っ赤になった。

「ちょっと、待て……。いきなりそんなふうに礼を言われると照れる……。せめて予告しろ……」

口元に手を当てた陛下が、無茶苦茶なことを言いながら視線を逸らす。どこにそんな照れる要素があったのかわからないけれど、陛下が珍しく動揺しまくっている。

な、何、この反応……!?　純情少年か……!!

私が新鮮なものを見る目で眺めていると、陛下はあんまり見るなよと言いながら熱っぽいため息を吐いた。

「……本当におまえを心配する人間はいなかったのか？」

「うん。家族とは離れて暮らしていたし。仕事が忙しくて友達とも疎遠になっちゃったし。恋人なんて三年以上いなかったしね」

「恋人……」

そう呟いた途端、陛下がすっと真顔になった。

あれ、しかもなんだか不機嫌なような……。

「これからは俺がエミの身の上を案じてやる。いいか、俺以外には心配させるなよ」

「何、それ!?」

「というかそもそもおまえはなぜそっちに座っている。これじゃあ触れたいときに、すぐ手が届かないだろ」

そう言って立ち上がった陛下は、ローテーブルをぐるっと回って私の傍にやって来た。

そのまま慌てている私の隣にボスッと座る。相変わらず距離が近い。

わっと思って反射的に反対側の隅に寄ると、「こら」と怒られた。

「なぜ逃げる」

「なんとなく!? ていうか陛下、どうしてにじり寄ってくるの!?」

「逃げられると追い詰めたくなる」

「わ、私は異性として見れないって伝えたでしょ……」

「だったら俺が迫っても平然と受け流せばいい。そんなふうに動揺されると期待する」

できれば私だってさらりとかわしたい。でも、ここまでグイグイ来るなんて想定外だ。

困惑する私を眺めている陛下の瞳は、楽しげなだけじゃなく、熱を孕んでいる。

……だめだ。勢いに呑まれていたら、陛下の思うつぼだ。

彼の整った顔を至近距離で見ていると落ち着きを失いそうなので、私は陛下の顎の辺りに視線を移してから、フッと笑ってみせた。

よしよし、これなら動揺しないで喋れる。就職試験の時に学んだ『相手の顔を見ているように見えて、目が合わないから緊張を緩和できる手段』が、まさかこんなところで役に立つとは。人生ってわからないものだ。

「言っておくけど、動揺したのはいきなり距離を縮められたせいだからね。陛下だって突然間合いに入られたらぎょっとするでしょ?」

武道なんてやったことがないし、間合いにも詳しくないけど、こういう時はハッタリで乗りきるに限る。

「というわけで、私が動揺したことに深い意味はまったくないから。残念でした!」

さっきまでの雰囲気を壊したくて、わざとおどけながら陛下の肩をポンポンと叩く。

恋愛を意識させるやりとりでないのなら、別にこっちからだって触れられる。

陛下は不満そうな顔で体を引くと、ソファーの上に胡坐をかいた。

姿勢を崩してむすっとしていると、途端に子供っぽくなる。直前までやたら色気のある表情で迫ってきていたのに、もはや見る影もない。

でも私はこっちの陛下のほうがいい。変に緊張しなくて済むし。

私がちゃんとしていれば、陛下に主導権を握られずに済むとわかったのはもうけものだ。

それならなおさら、しっかりしなければならない。

「せっかくのいい雰囲気を見事にぶち壊してくれたな。まあいい。この話ももともとしたかったからな。――エミ、おまえの振る舞いに関しても俺は興味を持っている。気難しい離宮の料理長や料理人たちを一瞬で味方につけたと聞いたぞ。しかも王妃自ら厨房に立つなんて聞いたこともない。脱走したことにも驚かされたが、どうやら俺の妻はとんでもない女性らしい」

「とんでもないって……」

「他国から嫁いできた状況や、これまでのエミリアのわがままによって、エミの立場はなかなか厳しいものになっていただろ？　それをものともせず、この王宮内であっさり味方を得てみせた。簡単にできることじゃないし、俺はかなり評価している。監視人の報告から判断すると、異世界人だから成せた技というよりは、エミの人柄によるところが大きいようだしな」

私としては別にたいしたことをした覚えがないので、「はあ……」という間の抜けた返事しか出てこなかった。

「しかもあの誰に対しても噛みつくような獰猛姫が、エミにだけは懐いているだろ」

獰猛姫……。それってもしかしなくてもエミリアちゃんのことだろうか。

「認めてくれたところ申し訳ないけど、それは褒めすぎだよ。料理長さんも料理人さんたちも、みんなすごく親切な人たちだったの。それで仲良くしてもらえただけだし、私がすごいとかじゃないよ」

「おい、エミ。あまり俺の前で他の男を褒めるな」

そう言った陛下が、ソファーに手をついて身を乗り出してくる。陛下がすっと目を細めるだけで色気が増して、二人の間に流れる空気が別のものに変わってしまう。

私が苦手とする逃げ出したくなるような空気に……。

「……どうして他の人を褒めちゃだめなの？」

そう聞き返すことが精いっぱいだった私に向かい、間髪入れずに陛下が告げる。

「妬けるから」

「……っ」

「そもそも料理長がエミの手料理を食べさせてもらったってのも気に入らない。正直、速攻クビにしてやりたいぐらいだ。よかったな、俺が心の広い旦那で」

「それで心が広いって言える……!?」

「間男を殺すって暴れてないだけマシだろ」

「間男……!?　ただ料理をごちそうしただけなのに何言ってるの……！」

って、また陛下のペースに乗せられている。

だ、だめだ。慌てるな。大人らしい対応をすればいいんだって！　でもこういうときに大人の女性ってどうするもの？　首に手を回して余裕ぶる？　いやそれ絶対ちがーう！

混乱しすぎてろくな案が出てこない。

「んっ……。ちょ、ちょっと近すぎる……！　距離感また間違ってるよ……！」

上ずった声を上げて、陛下を両手でぐいっと押しやる。

思ったよりあっさり距離が取れて、あれっと思う。

陛下の顔を見上げると、彼は気まずそうに眉を下げていた。

「突然そういう声出すなよ……。一方的に口説いてるだけじゃ済まなくなる」

心の中を窺うような瞳で私を見つめながら、陛下が私の手を掴んでくる。

その瞬間、頭の中で警鐘が鳴った。

これは受け入れちゃいけないやつだ。

なんとしてもこの雰囲気を壊さなくては……！

どうしよう？　陛下の気持ちを冗談として受け流してみる？

それが一番手っ取り早いし、楽だろう。

実際、陛下の想いは気まぐれに近いものだと私は思っている。

女としての自分を捨てて、仕事に明け暮れてきた私。

そんな自分が誰かから好かれるなんてまったく想像がつかない。

「ねえ、陛下。もうこういうのやめようよ。私は普通の会話をしてたいし、陛下だって別に本気じゃないでしょ」

やんわりと陛下の手を振り払う。

陛下は私の言動が気に入らなかったのか、ムッとして眉根を寄せた。

「本気じゃないって、なんでそう言える？」

「そんなの自分でもわかるでしょ……」

「わからないから聞いてる。俺、エミに言ったよな。本気で口説くって」

「それはだって、お世継ぎが欲しいからだよね」

陛下は呆気にとられた顔をした後、姿勢を崩して盛大なため息を吐いた。

「どこからそういう発想になるんだよ……。俺はただ単にエミのことを気に入っていて、自分のものにしたいと思っているだけだ。――だいたい世継ぎを産ませるための道具と考えているなら、わざわざ口説いたりしない。協力してくれるかどうかを確認すれば済むだけの話だ」

自分のものにしたいなんて言った直後に、冷静すぎる口調でお世継ぎ問題を語るのを聞いて、なんとも言えない気持ちになる。

陛下がその二つを切り離して考えていることは知っていたけれど、こうやって言葉にされると、心の中にわだかまっていた感情が一層強くなってしまう。

「ごめん、そもそも一夫多妻制がありなのも無理なんだ。私の感覚では恋愛感情と、こ、子供を作る行為を別の次元では考えられなくて……」

まるで一言も聞き漏らさないとでもいうような真剣な表情で、陛下が私の話に耳を傾けている。そのせいで、どんどん恥ずかしくなってきた。

「と、とにかく！　旦那さんを他の人と共有するってのは私にはできそうにないので、もうこういう話はこれっきりにしてね！」

「なんだ。そういうことか」

理解してもらえたようだ。

そう思って安心しかけた私は、すぐに様子がおかしいと気づいた。

だって陛下が、満足そうな顔で笑っている。

しかも彼は引き下がるどころか、さっき私が振り払った手を繋ぎ止めるように再び握り直してきた。

「エミが俺を独占してくれるというのなら、大歓迎だ。そうすれば、他に妻を娶る必要もなくなる。一生、ただ一人。おまえだけだ」

まさかそんな言葉が返ってくるとは思っていなかったので、絶句する。

「これで今の問題も解決だな。俺の本気度は伝わった？　それともまだ足りない？」

このまま黙ってしまったら、陛下の気持ちと向き合わなければいけなくなる。

追い詰められた私は、慌てて言葉を探した。

「……わ、私は！　異世界人だし、もしかしたら災いをもたらすかもしれないし、二十八歳だし……とにかく色々面倒でしょ！　そういうこと考えてる!?」

「それらすべてをひっくるめてエミじゃないか。安心しろ。俺がしっかり受け止めてやる」

どうしよう。十代恐るべし。怖いもの知らずなところが怖い……！

「他は？」

「ほ、他は……そもそも私を気に入ったなんて信じられないよ……」

「俺がエミのどこを気に入ったのか、挙げ連ねていけば納得できるのか？　おまえが望むならいくらでも言ってやるよ。たとえば——」

「いや、いい！　そういうの求めてない！」

慌てて言い返したせいで、口調が強くなりすぎた。

しまったと思ったときにはあとの祭り。気まずさのあまり息が詰まる。

「――なあ、エミ。俺がなんと言おうが、どんな態度を取ろうが、おまえはそれを本気だと受け取りたくないように思えるよ。そのほうが恋愛をしたくないおまえにとって、都合がいいから」

陛下の言葉は私の本音を的確に指摘していた。

「でもそれって結構ひどいよな」

ギクッと肩が揺れる。

静かな怒りを陛下の落ち着いた口調の中に感じて、私はかなり動揺した。

無言のまま俯いていると、二度目のため息を吐いて、陛下がすっと立ち上がった。

「また来る。この数日溜まっていた仕事を片づけてからになるだろうけど」

「て、徹夜反対！」

「ハイハイ。それから俺の嫉妬を煽りたくなかったら、これ以上、他の男に気に入られるなよ。多分面倒なことになるぞ。俺が」

そう釘を刺してから、陛下が部屋を出ていく。

ソファーに埋もれた体勢でそれを見守った私は、しばらくそこから動けずにいた。

「だって……。どう受け止めればいいのよぉ……」

陛下が外見をまったく気にしていないことや、十一歳も年下だってことを置いておいても、彼をそういう存在として見ることに私は抵抗を持っていた。

「恋愛って傷つくし……。疲れるし……」

何年も恋愛を休んで、お一人様のお気楽な身の上に慣れきっていたから、今さら誰かと特別に心を通わせるなんて正直怖い。今だって、すでにもう頭がパンクしそうだ。

うううっと呻き声を発して、ソファーに突っ伏す。

もう無理。頭と心が処理不良を起こしている。

陛下の存在は、喪女にとって攻撃力が高すぎるのだ。

それから二日、陛下から外出の許可をもらえたので、私はものすごく平和な時間をエミリアちゃんとともに過ごせている。

朝ごはんが終わったら、まずはバルコニーに出て二人でおしゃべりをする。

エミリアちゃんは私がいた世界のことを聞きたがったので、こっちにはない文化について説明することが多い。

そして二人でラジオ体操をする。

最初は『何、その変な動き!!』と言って、涙が出るほどゲラゲラ笑っていたエミリアちゃんだったけれど、だんだん興味を持つようになり、今では大真面目な顔で『一！　二！　三！　四！』と声を張り上げるまでになった。

もちろんこの世界にはラジオがないから、あの曲を自分で口ずさみながら行った。音楽があるだけで体を動かすのも楽しくなるし、ラジオ体操っていい文化だったなあとしみじみ思う。しかも真面目にやるとけっこういい運動になるのだ。

食事と規則的な生活、ほどよい運動のおかげで体力も少しずつ回復してきたし、今では散策中に息切れを起こしてへたり込むこともなくなった。

散策といえば、暇ができると私とエミリアちゃんは、林に向かうことが多い。

しばらく散歩をしたあと私たちはよく並んで木陰に座った。

そういうときは、あまり言葉を交わさない。会話がなくても気まずくなったりすることはなくて、静かで心地のいい時間を共有している感じがうれしかった。

エミリアちゃんの抱える問題については、残念ながらまだ進展がない。

エミリアちゃん問題と共に、もうひとつ私の心を悩ませているのが、陛下のことだ。

この三日間、彼とは一切顔を合わせていないけれど、次に会う時どんなふうに接したらいいのか答えは出ていない。

陛下のことを思い出した途端、心臓の辺りがそわそわしはじめた。

……やっぱり今考えるのはやめよう。またそうやって逃げるのかともう一人の自分が尋ねてきたけれど、聞こえないふりをする。

どうせ仕事で忙しいって言ってたし、次に顔を見るのはきっとだいぶ先だ。

陛下の存在を脳内から追い出すため強引に頭を切り替えて、手元に視線を落とす。

離宮の廊下を歩いている私の腕の中には、とある食材を詰めた箱がある。

今日は厨房からもらってきたこれを使って、とっておきの癒しアイテムを作る予定なのだ。

その時、不意に風が走り抜けるような気配がした。

これはエミリアちゃんが現れる前兆だ。

そう思って待っていると、予想どおり彼女が壁の中をすり抜けて登場した。

「ふふ、相変わらず神出鬼没だね、エミリアちゃん」

『亡霊ってそういうもんでしょ。ところでその木箱は何？』

私の隣をふわふわと漂いながら、エミリアちゃんが手元の木箱を覗き込んでくる。

蓋がしてあるから中身は確認できないけれど、匂いでぴんときたようだ。

『夏みかん？』

「そう。調理場でもらってきたの。料理人さんの中に果実園の息子さんがいてね。地面に落ちてしまって商品にはならないものを、料理長さんに頼まれて持って来たんだって」

『そんなものもらってどうするのよ』

「乾燥させて畑の肥料にするみたい。みかんの皮には防虫効果があるんだよ」

　この知識は田舎の祖母からの受け売りだ。

『それをどうしてエミが運んでいるのよ』

「料理人さんが『木箱五箱分は、さすがに持ってきすぎでした……。料理長もお困りになられるでしょうし、このまままた持ち帰って家で処分します』なんて言うから、じゃあ私にも分けてくださいってお願いしたんだ」

『エミも畑を耕すつもり?』

「家庭菜園か。それもいいねえ」

　脳内のいつかやりたいことリストに加えておく。

「だけど今回は、別の利用法を思いついたの。私って元の世界にいた頃、自家製癒しアイテムを作るのが趣味だったんだ。でも作っても、忙しすぎて全然出来を試している時間がなくって……」

　部屋で倒れて意識をなくす時に、そのことをすごく後悔した。

　自由気ままにのんびりと過ごす。その目標を達成するためにも、今こそ癒しアイテムを利用しない手はないと思ったわけである。

『それと夏みかんにどんな関係があるのよ』

「それはねえ……あ、エミリアちゃん。部屋の扉開けても大丈夫?」

『ええ、問題ないわ。今はリビングのほうに誰の気配もしないから。亡霊になるとこういう能力が備わるのがいいわね』

エミリアちゃんは亡霊生活を本当に気に入っているらしく、うれしそうに回転してみせた。本人がすごく楽しそうなので、私だけ辛気臭い顔をするわけにもいかない。でも正直なところ、こうして仲良くなったからこそ、彼女が転生してしまう事実が心に重く伸し掛かってきている。

――って、いけない、いけない。言ってる傍から暗い気持ちになってしまった。

部屋の中に入り、ひとまず木箱をテーブルの上に置く。

蓋を外すと、持ち運んでいる間も香っていた甘酸っぱい匂いが一層濃くなり、あっという間に部屋中が夏みかんの匂いに包まれた。

「はあ……いい匂い……。人が癒されるのには、香りの効果がすごく大事なんだよ」

『まあ、そうね。けばけばしい香水の匂いなんかは大嫌いだったけど、こういう香りは悪くないわね』

「だよねえ。私はこの夏みかんを使って、贅沢なバスタイムを楽しもうと思ってるんだ」

異世界転生してきた翌日から、ありがたいことに毎日お風呂に入らせてもらっている。

ただ、やっぱり元いた世界と比べて、石鹸なんかは泡立たないし、匂いもイマイチなのが悲しい。しかも髪も同じ石鹸で洗うから、軋むなんてもんじゃない。それで乾かすとどうしてもゴワゴワしてしまう。

エミリアちゃんの髪はせっかく綺麗な金髪なのに、もったいない話だ。そのうちシャンプーやヘアパックも作りたいな。

ちなみに今から作るのは、パックはパックでも顔用。

夏みかんの中に豊富に入ったビタミンCには、美肌効果があるのだ。

「ということで、さっそく製作開始ー！」

エミリアちゃんは興味津々という顔で、私の斜め後ろから作業を眺めている。

『エミの言うこともやることも、ほんっと飽きないのよね。私にとっては第一級の娯楽だわ。今回もせいぜい私を楽しませなさい』

なんて言いながらも、最後にポソッと早口で『でも怪我をしないように気をつけるのよ』と付け足す。

エミリアちゃんの可愛いツンデレ攻撃をくらって、私は悶絶しそうになった。

『ちょっとエミ、何にやけてるのよ』

「あはは、気にしないで！　さ、今度こそ始めるよー！」

まずはテーブルの上に、調理場でもらってきた材料を並べていく。

箱の中には夏みかんのほかに、芽が伸びてしまったジャガイモ一個と小分けにした小麦粉、スプーン一杯分の蜂蜜を入れた小瓶がある。蜂蜜は貴重品かもしれないから、分けてもらえるか尋ねる前に、入手難度を確認しておいた。

王妃という立場なら、ある程度贅沢が許されるのかもしれないけれど、私個人があまりそういうのは好きじゃない。

自分のやりたいことのためにお金をかけてもらうのも、気が引ける。

今回の蜂蜜に関しては、料理長さん曰く「王家の領地で養蜂しているため、甕一杯の量を常備しております」とのことだった。ジャガイモも破棄される予定のものを譲り受けてきたので、食用以外で使っても、まあ許されるだろう。

準備が整ったので、ジャガイモの皮を剝き、調理場で借りてきたおろし金ですりおろしていく。皮むきに使うナイフは、これも調理場から借用したものだ。

しばらくして無事ジャガイモのすりおろしが終わった。

次は夏みかんの番だ。大きめの夏みかんをナイフで切って、ジャガイモ汁の上に果汁を搾る。

最後に蜂蜜と小麦粉を入れてざっくり混ぜたら出来上がり。

あっという間に、ジャガイモパックの完成だ。

『エミ……。いったいなんなのよ？　この薄汚れた色をした液体は……。何に使うつもり？』

まあ、たしかに色味はちょっぴり残念だ。

「これは顔に塗るんだよ」

『なっ!?　やめなさいよ！　そんな得体の知れないものを塗ったりしたら、肌が荒れちゃうわよ！』

「あはは、大丈夫、大丈夫。むしろお肌にいいの。ジャガイモの汁には、ビタミンCとミネラルが豊富に含まれているからね」

『ビタ……なんですって？』

この世界にはそういう概念はないのかな。

「食べ物なんかに含まれている栄養のことだよ。色素沈着を防いだり、肌荒れトラブルを解消してくれるの」

『ふうん。でもジャガイモの汁を顔に塗りたくるなんて、聞いたことがないわね。薬草ならまだしも』

「でも薬草も植物の一種じゃない？」

『それはそうだけど……』

「ジャガイモの汁の中に搾って入れた夏みかんには、美白効果があるんだよ。何より匂いをよくしてくれるしね」

パックはつけっ放しでしばらく放置するから、香りは大事だ。

ただビタミンCには肌を乾燥させやすいというデメリットがあるので、保湿効果のある蜂蜜を入れて、肌を守るのだ。

そのとき、部屋の扉をノックする音が聞こえてきた。どうやら侍女さんたちがお風呂の準備をしに来てくれたらしい。エミリアちゃんとの楽しい時間もここまで。エミリアちゃんが『またね』と言って姿を消すのを確認してから、扉の向こうに返事をした。

侍女さんたちの手でバスタブにお湯が注がれる間、私は木箱にたくさん残っている夏みかんを輪切りにしていった。

これはお風呂のお湯に浮かべて、バスソルト代わりにするのだ。

お湯がいっぱいになったら、さっそくちゃぽちゃぽと浮かべていく。

「妃殿下、何をなさっているのですか？」

侍女さんの一人が不思議そうに尋ねてくる。

「ふふ、いい匂いでしょう？」

「ええ、はい、でも……」

侍女さんたちには私のしていることが奇行に映っているようで、眉を下げたまま、顔を見合わされてしまった。侍女長さんはもう何も言うまいと諦めているようだ。

私は今すごく幸せな気分だし、心の距離を感じるのはいつものことなので気にしないでおく。

さてさてー。準備が整ったので、至福のバスタイムを始めるとしよう！

鼻歌を歌いながら服を脱ぎ、お風呂に入る。ちょっと熱めのいい温度。

湯船に体を沈めると思わず「はあー！」と声が出た。

最高に気持ちがいい。いつもどおり完璧なお湯加減だし、夏みかんのいい香りが鼻先をくすぐる。やっぱり入浴剤があると、全然違うなあ。

柑橘系フルーツ特有の爽やかな匂い成分は、リモネンと呼ばれている。

リモネンにはリラックス作用があるので、入浴剤としてうってつけなのだ。

あー……幸せ……。心が満たされていくのを感じる。

さあ、そろそろパックもしようかな。出してもらっておいたガーゼのハンカチと、さっき作ったジャガイモパックの入ったボウルを、湯船の傍に持ってきてもらう。

ガーゼハンカチを液にひたして、顔の上にペタッと乗せる。

このまま二十分くらい放置するのだ。

私はバスタブの縁に頭を乗せて、ふうっと目を閉じた。

こうしている間に、侍女さんたちが髪を洗ってくれるので、私は何もせずぼーっとしていればいい。

なんて贅沢。まさに至福のひととき……。高級サロンに来たみたいだ。

自前の癒しアイテムで幸せな時間を楽しんでいると、今日の疲れが湯船に溶けて消えていく気がした。今日の疲れだけじゃない。

社畜生活によって疲労していた魂が、元気を取り戻していくような感じがする。

エミリアちゃんの体にも、きっといい効果をもたらしてくれるはずだ。

「失礼いたします。……ひっ」

ドアが開く音がしたと思ったら、怖がっているような声が聞こえてきた。

ガーゼハンカチを少しずらして、ちらっと片目を開ける。どうやら着替えを持って来た別の侍女さんが、私を見て悲鳴を上げたらしい。

果物が浮かぶお風呂の中に、顔を布で覆った人間がプカプカしていたんだもの。

そりゃあ驚くか。

侍女さんは、目が合ってしまったので仕方がないという雰囲気で、恐る恐る質問してきた。

「あの……妃殿下、それはいったい……」

今まで困惑しつつも手伝ってくれていた侍女さんたちが便乗するようにこくこくと頷く。

私はふふっと笑って、バスタブの縁に手をかけると、何をしているのかを説明した。

「みかんやジャガイモの汁で、美肌効果にお肌ツルツル……？」

「しかも乾燥した肌が保湿される……？」

説明を聞き終えた侍女さんたちは、困惑気味に顔を見合わせている。どうやらあんまり信じてくれていないみたいだ。みんな表情がひきつっている。

でも無関心というわけでもなく、好奇心が半分、戸惑いが半分という印象を受けた。

「よかったら皆さんも手の甲とかで試してみます？」

「え⁉　で、ですが……」

嫌がられるだけなら無理には勧めないけど、気になっているなら、わかりやすい効果を見せてあげよう。

「ちょっと待っててくださいね」

そろそろ二十分経った頃だろう。お風呂から出て、顔や体を拭き、ネグリジェを着せてもらう。心なしかいつもより体が温かい気がする。

リラックスして長時間入浴できたおかげで、血行が良くなったのかもしれない。

私は自分の頬を触ってパックの効果を確かめたあと、近くにいた侍女さんを手招きした。

「手を貸してください」

「妃殿下、あの、えっ⁉」

戸惑ってる侍女さんの手を取って、自分の頬にぺたっと押し当てる。

「……っ！　妃殿下、ぷにぷにでございます……！」

思わずそう叫んだ侍女さんを見て、私は満足げににやりと笑った。

「でしょう？　これがさっきのパックの効果です。侮れないでしょ？」

侍女さんがこくこくと何度も首を縦に振る。

彼女の顔からはいつの間にか警戒心が消えていた。

「もともとお綺麗だったお肌が、ますます艶やかになられて。しかも野菜や果物で……。魔法をお使いになられたわけではないのでございましょう?」

瞳を輝かせながら問いかけてくる姿が可愛い。侍女さんがこんな表情を私に向けてくれるのは、この世界に来て初めてのことだ。ふふ、うれしいな。

その他の侍女さんたちは、やっぱりちょっと遠巻きに眺めているだけだし、目が合うと慌てて視線を逸らされてしまった。好奇心より、私に対する心の壁の厚みのほうが勝っているようだ。ずっと距離を置かれていたんだから、そういう態度になるのも当然だろう。

いちいち落ち込んでいたらキリがない。

他の人の反応は気にしないことにして、興味を持ってくれた侍女さんへの説明を続ける。

「植物や食べ物って、色んなことに使えるんです。まだ他のものでも色々作れますよ」

「すごい……。妃殿下は物知りでいらっしゃるのですね……」

頬を染め、ほおっと息を吐いた侍女さんは、おずおずと口を開いた。

「あの、恐れながら妃殿下。ジャガイモの汁は顔だけでなく、手荒れなどにも効くのでございますか?」

言われてみると、私が摑んだ侍女さんの手は、痛々しく荒れていた。

これはちょっと、パックじゃだめだな。

乾燥とあかぎれに効くハンドクリームじゃないと。

「少し時間をもらえますか？　手先用のクリーム――じゃなくて、軟膏を作ってみます」

「え⁉　いえ、そんな！　妃殿下のお手を煩わせるなど滅相もないです！」

「でも、その手じゃお仕事も大変でしょ？」

私のために日々の仕事をこなしてくれている結果だろうから、なんとかしてあげたい。

よし、明日は侍女さんたちのためにハンドクリームを作るぞ！

翌日。ハンドクリームに使うハーブを求めて向かった森の中で、私は直立不動のままカチコチに固まっている。

「やっと見つけた。森の中で何をしていたんだ？」

爽やかな初夏の風に、癖のない黒髪をなびかせながら陛下が問いかけてくる。

右腕を痛くならない程度の力で陛下に掴まれたまま、私はゴクリと息を呑んだ。

しばらく仕事で忙しいんじゃなかったの⁉

こんなにすぐ顔を合わせることになるなんて思っていなかったから、陛下への対応策をまったく練っていない。

今、私、ものすごくピンチである。

第六章

どうして私が森の中で陛下に捕獲されることになったのか。

話は少し遡る——。

そもそもこの日の私は、侍女さんに提供するハンドクリームを作るための下準備として、材料を探して回っていたのだ。

ハンドクリームに使う材料は、植物油と蜜蠟。

蜜蠟というのは、蜂が巣を作るために分泌する蠟のことで、優れた保湿効果がある。

最低その二つがあればハンドクリームは作れるけれど、せっかくなので精油で香りづけもしたいと思っている。使用するとき、ふわっといい匂いがするだけで、心が満たされて幸せな気持ちになれるものだから。

幸い精油を抽出する方法は知っている。

元の世界で溜め込んだ癒しアイテム製作のための知識よ、ありがとう！

「匂いのもとには何を利用しよう？」

窓の外を眺めながら、考える。食べ物や植物に関しては、今のところ私のいた世界と大きな違いはない。それならあの花も存在しているかな。

あの花――初夏のこの季節、いい匂いがする植物として真っ先に浮かぶのは、ラベンダーだ。ラベンダーはアロマオイルや化粧品などにも利用される有名なハーブで、穏やかで深みのある香りから、元の世界でも人気があった。

ラベンダーの香りには、睡眠障害を緩和したり、気持ちを落ち着かせる作用があるのだけれど、実はこのハーブ、香りがいいだけではなく、皮膚の炎症を鎮める効能も持っているのだ。あかぎれを治すのにはもってこいだし、古くから薬や料理に使われてきた植物だから、この世界でも入手するのはそんなに難しくないはずと信じている。

そんな期待を胸に、食事の際さりげなく侍女長さんに尋ねてみたら、ラベンダーを含むハーブたちも、ちゃんと存在していることがわかった。

手荒れを気にしていた侍女さんに、ラベンダーの匂いが苦手じゃないか確認するのも、もちろん忘れない。匂いの好みは人それぞれだからね。

今後も誰かに何かを勧める時は、その辺に気をつけなければいけない。

そういえばみかんのお風呂とジャガイモのパックは、エミリアちゃんにとても好評だった。

昨晩、温まった体でベッドに入ってぬくぬくしているところにエミリアちゃんが会いに来て、感想を伝えてくれたのだ。

『あのドロドロの液体を見た時は、どうしようかと思ったけど、エミがお風呂に入ってるのを覗いたら、すごく気持ちよさそうにしてるんだもの。悪いものじゃないってことは理解できたわ。でも一番笑えたのは、顔にガーゼをあてたエミを見た時の侍女たちの反応よ。目が飛び出ちゃうんじゃないかってぐらい、びっくりしてたわよ』

侍女さんたちをあんまりよく思っていないエミリアちゃんが悪魔のような顔でニヒヒと笑う。私は彼女の背中に黒いオーラが出てこないか冷や冷やしながら、手荒れで悩んでいる侍女さんはすごく感じがよかったよ、と説明した。

エミリアちゃんは、あんまり納得がいってないような顔をしたけれど、意地悪な笑いは引っ込めてくれた。黒いオーラも出てこなかったので、心底ホッとした。

エミリアちゃんの魂が旅立つ日まで、残り三日。そのことを意識すると、どうしても不安になる。でも焦ってはだめ。エミリアちゃんはたしかに少しずつ心を開いてくれている。今は彼女との絆を信じるしかない。

——朝食後、まずは植物油を分けてもらいに調理場へと向かった。

それから、蜜蝋が欲しいので養蜂場から取り寄せられないかと聞いたら、料理長さんが使いを出してくれると言った。

「料理長さんってば本当に頼りになる」

そう本人に伝えたら、耳まで真っ赤にして黙ってしまった。褒められるのはあまり得意ではないのかもしれない。夕方には蜜蠟が手に入ると言われたので、またその頃取りに来ることにして、お昼を食べに部屋に戻った。

それからいつもの林に向かい、ラベンダー探しをはじめた。

「とはいえ、そう都合よく見つからないなー」

『侍女のためにエミ自ら探し回るなんて、まったく理解できないわ……』

一緒にラベンダー探しを手伝ってくれているエミリアちゃんが、腰に手を当てたまま、やれやれと首を振る。

「誰かのために何かを頑張るのって楽しいよ。とくに相手が困ってることなら、できるだけ力になりたいし」

『でもあの侍女たちは、エミを避けているじゃない』

「だからなおさらだよ。ワイロってわけじゃないけど、少しでも仲良くなりたいから。これがきっかけになったらいいなあって思ってるんだ」

『ふん。まったくエミはお人好しね！』

私は笑いながら、木陰に座った。歩き回って疲れてしまったので、一旦休憩とする。

「よっこらせっと」

足を投げ出して座り、ぼんやりと過ごす。

そよそよ、そよそよと優しい初夏の風が前髪を揺らしていく。ああ、なんて心地いいんだろう。もうこのまま草の上に横になってしまいたい。

一応周囲をキョロキョロ確認してから、ころんと寝転がる。それからすうっと息をして、生き生きとした緑たちが放つ爽やかな香りを胸いっぱいに吸い込んだ。

信じられる？　社畜時代の私。今、人目も気にせず、思う存分、怠けているよ……！

何もしないということに罪悪感を抱かなくていい。その幸せをしみじみと噛みしめていると、急にエミリアちゃんが『うげっ』とカエルを潰したような声をあげた。

『もう、なんで邪魔しに来るのよ！　じゃあね！　エミ！』

エミリアちゃんが忌々しそうな顔で文句を言いながら姿を消す。

彼女がああいう顔をするときは決まっている。でも、まさか――。

恐る恐る視線を上げると、林の中に突っ立った陛下がぽかんとした顔でこちらを見ていた。

陛下⁉　なんで⁉

仕事が忙しいと言っていたし、実際離宮を訪れることもなくなったので完全に油断していた。

数日前の出来事が一気に甦ってきて、心臓が騒ぎ出す。こんな不意打ちってない。どんな顔をしたらいいのかもわからず私が固まっていると、陛下は楽しげに目を細めてふっと笑った。

「驚いた。我が妃が地面に落ちている」

ああああ！　そうだ！　私ってば草の上に寝転がってたんだ！

なんて恥ずかしいところを見られてしまったのだろう。

居たたまれない気持ちになりながら、慌てて飛び起きる。

「これはちょっと、少しだけのんびりしようと思っただけで……！　えーっと、それじゃあ私は部屋に戻るね！　では、また！」

さっと手を掲げて、そのまま走り去ろうとする。

「待て」

ところが、骨ばった長い指で手首を包み込むように握られ、引き留められてしまった。

痛くはないけれど、なんとなく気圧されて逃げられない。

「エミに話があって探してた」

「話って……」

「この前のこと、悪かった」

「あ、うん……。……私こそごめん」

図星をつかれたことに焦って、ムキになってしまったのは私のほうだ。

しかも今だって陛下が話題を持ち出さなかったら、何事もなかったかのように逃げ出そうとしていたくらいだ。

正直、真っ正面から向かい合ってくる陛下のことを眩しく感じた。

十代の頃の私は、こんなふうじゃなかったのに……。いつから『もう大人だから』という都合のいいセリフを使って、楽なほうへ逃げるようになったのだろう……。

思い返せば、社畜生活から抜け出せなかったのだって、ひどい現実を自覚して行動を起こすより、日々に流されているほうが心が楽だったからだ。

会社のせいで社畜になったと思っていたけれど、私にも問題があったのではないだろうか。

「エミを追い詰めるつもりはなかった。俺の想いに対して、答えを求めてるわけじゃないんだ。エミリアのことでエミの頭がいっぱいだってこともわかってる。——ただ、ひとつだけ。俺の気持ちを偽物だと思い込もうとするのだけはやめて欲しい」

「別に……私は……」

また、いつものようにうやむやにして誤魔化そうとする自分がいる。

でも本当にそれでいいのかな……。

「……」

ここで逃げ出したら同じことの繰り返しだ。

自分の非を認めずにいるのが本当に正しい大人のあり方なのか。

……ううん、そんなわけないよね。

私がエミリアちゃんからもらったこの体で恋愛をすることに抵抗がある事実や、本来の自分の姿を気にしていることは今も変わらない。

けれど、もう陛下の気持ちを適当に受け流すことだけはやめよう。

そう決意した私は、しっかりと顔を上げて陛下を見つめた。

「……わかった。これからはちゃんと陛下と向き合うようにするよ」

私の答えが予想外だったのか、陛下は目を見開いた後、心底うれしそうにくしゃっと笑った。その笑顔を見た瞬間、胸の奥がざわつくような感覚を覚えた。

……なんでこんな気持ちになるんだろう。もしかして、私……やっぱり決断を早まった……？

「ところでエミ、おまえはここで何をしてたんだ？」

「あ、うん、ラベンダーの花を探してたの。でもなかなか見つからなくて……」

「ラベンダー？　それなら俺に心当たりがある。ちょうどこれから仕事の用件で、その近くへ出向くつもりだ。案内してやるよ」

「え!?　陛下が!?」

思わぬ展開に驚きの声を上げる。

「でも、そんな簡単に王様と王妃が出歩いていいものなの？」

お忍びにしても、警備の段取りとか、色々大変じゃないのだろうか。

だいたい陛下に案内役を頼むのも気が引ける。

「忙しいんでしょ？」

「まあな。でも妻との逢瀬を楽しむため、時間を確保すべきじゃないかと悩んでいたところだからちょうどいい」

なんだか目的が変わってきてる！

「案内と逢瀬は別物じゃない!?」

「当たり前だろ。せっかく二人で出かけるのに、単なる案内役扱いじゃつまらん」

だめだ。これはまた心をかき乱されて、わたわたする未来しか見えない。

「やっぱり私、自力で探そうかなー」

「ちゃんと俺と向き合ってくれるんだろ？　ほら行くぞ」

肩に手を回され、離宮とは逆の方向へ誘導される。

「ちょ、ちょっと！　まだ行くって言ってないー！」

「拒めば抱き上げて運ぶだけだ。逆らうだけ無駄無駄」

「横暴！」

華奢できれいな手をしているくせに、意外と力が強いんだから……！

陛下にぐいぐいっと引っ張られながら喚き声を上げると、いつもより近い位置にある美貌が満足げに綻んだ。

結局私は陛下の押しの強さに負けてしまい、彼の手配した馬車に乗ってラベンダー畑へ移動することになった。

私たちのあとからは、ちゃんと護衛の人たちがついて来ているらしい。仰々しい行列みたいになっちゃったら嫌だなと思っていたけれど、手配したのは少人数だと教えられたのでホッとした。

馬車に乗り込むと、内装がものすごく豪華だったので思わず「うわっ」と声を漏らしてしまった。座席のクッションはやたらと手触りがいいし、足元の絨毯も土足で踏むのが忍びないほどフワフワしている。もはや馬車というより、豪華な小部屋である。

「乗り心地は悪くないか？」

「悪くないどころか、感激してるくらいだよ！」

前のめりに答えた直後、ハッとなる。

向かい合って座っているうえ、馬車の中なので、陛下との距離が近い。

窺うように陛下を見たら、優雅に足を組んで私を眺めていた彼が、なぜか複雑そうな微笑を浮かべた。

「エミを見ているとほんと飽きないよ。でもそのせいでかなり困ったことになった」

「えっ。困ったことって？」

「エミが現れる前は、ひたすら仕事をしているだけで満たされていたのに、この二日間は違った。おまえと仲違いしてから、まったく仕事に集中できなくなった。俺が書類の山と戦っている間も、どこかでまたエミが興味深い行動を取っているのかと思うと気になって仕方がない。しかもエミリアや料理人たちがその場に居合わせて、エミの面白さを堪能しているかと想像すると複雑な心境になる。実際、その日の夜になると監視役の者がエミが誰々と過ごした、楽しそうにしていたなんて報告してくるからたまらない」

しかめっ面になった陛下が、私を睨んでくる。

「それは陛下が仕事仕事仕事って感じの生活を送っているからでしょうが！」

あんなに仕事第一だった陛下が、私とちょっと揉めたぐらいで仕事が手につかなくなるなんて……。

そう思ったら、なんだかものすごく恥ずかしくなってきて、ついつい強めのツッコミを入れてしまった。

「俺が仕事をしている間、エミが隣にいてくれればこの問題は解決する」

「仕事には同行したくないって最初に会った日に言いました！」

私は陛下の社畜暮らしを正したいと思ってるんだから。二人で社畜になってどうする。

「エミは一切働かなくていい。隣で寛いでいれば、俺の娯楽と息抜きになる」

真顔で無茶苦茶なことを言うので、さすがにちょっと笑ってしまった。

「私には私の人生があるんだから、陛下に娯楽を提供するためには生きられません。だいたい私がいなくても、自分の生活を見直せば、色んな種類の娯楽や息抜きを得ることができると思うよ」

だからまずは余暇の時間を確保しよう。

そう提案してみたら、なぜか呆れた顔でため息を吐かれた。

「はぁ……。俺が求めているのは、そういうんじゃない」

「何その反応！　私の言ってること、間違ってないでしょ……！」

とはいえ少しでも仕事以外のことに関心を持ってくれたのなら大いなる進歩だ。最初に休むように言ったときには、本当に仕事以外どうでもいいって感じだったし。

ここは焦らず、ゆっくり余暇の時間の素晴らしさを伝えていったほうがいいだろう。

「仕事してる陛下に付き合うことはできないけど、陛下が休憩をとるって時はいつでも言ってね」

話し相手ぐらいにだったら私でもなれる。

「俺が共に過ごしたいと言ったら、他のことより優先させてくれる？」

普段自信満々で、なんだったら強引に感じるぐらいの態度で私を振り回している陛下が、甘えるように聞いてくる。それがいじらしくて、不覚にもキュンとしてしまった。

「エミ？」

「あ、う、うん！　陛下が忙しいのはわかってるし、言ってくれたら時間はちゃんと合わせるよ」

「そうか」

そう言ってうれしそうにふわっと笑うから、私は慌てて陛下から視線を逸らした。

「ところでエミリアの問題はどうだ？」

「えっと……。仲良くはなれてると思うんだけど、まだ進展はないかな」

「そろそろ俺の情報網を頼る気になったか？　エミが望むならいくらでも手を貸してやるよ」

「もう。その方法は取らないってば」

そんなやりとりを交わしていると、馬車がガタガタと揺れて制止した。

どうやら目的地に着いたようだ。

陛下にエスコートされ、馬車を降りた私は、その瞬間飛び込んできた景色を前に思わず息を呑んだ。

目の前に広がるのは、一面ラベンダーに埋め尽くされた丘だ。

壮大で美しい景色に感動しすぎて、すぐには言葉が出てこない。

そんな私のことを不思議そうな顔で陛下が見つめている。

「どうした？」

「だって、圧倒されちゃって……。すごい……。こんなに美しいものが存在しているなんて信じられない……」

薄紫色の絨毯が、青空との境まで広がっている。

これほどまでに解放感のある景色、生まれて初めて見た。

驚いている私の前を優しい風が通り過ぎていくと、ふわっとラベンダーが香った。

大きく深呼吸をして、胸いっぱいに爽やかな匂いを吸い込んでみる。

ああ、すごく癒される。

「――さて、目的は果たせたし、俺は仕事に戻る」

このラベンダー畑にいたら、きっといい気分転換になるのに、もう仕事に向かってしまうなんてもったいない。気づけば私は陛下の腕をとって引き留めていた。

「ねえ、あとちょっとだけここにいたら？　こういう場所でのんびりすれば、少しは疲れが取れるかもしれないし。あ、でも私のせいで仕事が溜まっちゃってるんだっけ……」

陛下は考え込むように顎に手を当てたあと、首を横に振った。

「いや、エミがそう言うなら残るよ」

「ほんと？　あのね、ラベンダーの香りって癒しの効果があるんだよ」

「たしかにこの花の匂いを嗅ぐと、なんとなく落ち着く気がする」

よかった。陛下はラベンダーが苦手じゃないみたいだ。

内心で安堵しながら、ラベンダー畑を見渡す陛下の横顔を私は見守った。

「――ここはいい場所だな。何度も通りがかっていたのに、今まで気づかなかった」

「忙しいと周りのものに目がいかなくなったりするよね」

「そうだな……」

遠い景色を見つめて瞳を細めていた陛下が、不意に私を振り返る。

「エミ、ありがとう」

「えっ、な、何、突然」

「今も、これまでも、何度となく俺の体のことを心配してくれただろ。ちゃんと礼を言っていなかったと思って。おまえの気遣いは、すごく心地いい」

「う、うん。そかそか」

気恥ずかしくなって、もごもごと言葉を濁す。

陛下の言葉はいつもあまりに真っ直ぐで、私は驚かされてばかりだ。

でも仕事に対して何を言っても受け流していた陛下が、私の言葉にちゃんと耳を傾けてくれるようになるなんて……。

もしかしたら陛下はこのまま社畜脳から目を覚ませるかもしれない。

そう考えるとうれしくて頬が緩んでしまう。

陛下の意識が変わりはじめているのなら、次はその気持ちを行動に移してくれるよう訴えかける必要がある。

「陛下、休みを取ったほうがいいって思うようになった？　休日を確保するのが難しいなら、せめて残業はやめてちゃんと睡眠時間を設けるとか」

「そうしたほうがいいのかもしれないが、現状では難しいな。何せ仕事が立て込みすぎてる」

うーん。さすがに具体的に生活を改善するところまで持っていくのは、まだ難しそうだ。

ここからどうしたらいいんだろ……。

私は必死で案を練りつつ、当初の目的であるラベンダーを摘んでいった。

陛下には、一応仕事に行ってもらって構わない旨を伝えた。ところが彼は最後まで付き合うと言ってくれたうえ、なんと花を摘むのまで手伝ってくれたのだ。

ただ、やっぱり時間に余裕があったわけではないみたいで、作業が終わるのと同時に、部下と思しき長身の男性が陛下を呼びにやって来た。

年齢は多分、元の世界の私より少し上くらいだろう。黒衣の軍服姿の陛下とは対照的に、

色の薄い銀色の髪と、白と金を基調とした文官服を着ている。きっと陛下の側近の一人なのだろう。

陛下は「こいつがジスランだ。あの日扉を壊そうとした男を覚えているだろう？」と、ずいぶんな説明をした。ジスランさんは陛下の微妙な紹介を受けても顔色一つ変えず、にっこりと微笑んで慇懃なお辞儀をした。

「お話しさせていただくのは初めてでございますね。妃殿下におかれましては——」

「あー、いい、いい！　そういう長くなりそうな挨拶は。だいたいジスランとエミがよろしくする必要もないだろ」

「陛下。誰彼構わず恋敵扱いをなさるおつもりですか？」

「俺は生まれて初めて芽生えた独占欲という感情を楽しんでいるんだ」

「妃殿下にうんざりされないうちにやめたほうがいいと思いますよ」

「俺が嫉妬した時のエミの愛らしい反応について説明してやろうか？」

「ストーップ……!!」

部下相手というより悪友同士の会話みたいだなあと思って見守っていたら、流れ弾が飛んできたので慌てて止めに入る。巻き添えで被弾するなんて冗談じゃないよ……！

「エミ、残念だけど俺はこれから公務に向かう。エミには護衛をつけるから、馬車で離宮に戻れ」

「うん。陛下、色々とありがとう」

陛下は穏やかな顔で頷くと、身軽な仕草で馬にまたがり、数人の護衛たちを連れて去って行った。

離宮に戻る頃にはちょうど夕方になっていたので、調理場に寄って蜜蠟を回収し、それから自室へと向かった。

部屋の扉を開けると、室内にいたエミリアちゃんがふわふわーっと傍へ寄って来た。

どうやら私が帰って来るのをここで待っていてくれたらしい。

『おかえり、エミ。陛下とのデートはどうだった？　あいつに迫られて大変だったんじゃない？』

「えっ⁉」

『なんで知ってるのって顔ね。別に盗み見してたわけじゃないわよ。陛下の場合、私が傍にいると気づいちゃうし。でも見てなくたって、陛下がエミに相当ご執心だってことぐらいわかるわよ。仕事の鬼だって言われてたあの男が、それを放り出してまでエミのところに来るんだから』

私は照れくささと動揺で、ぎこちない引き攣り笑いを返すことしかできなかった。

——陛下といえば……。実を言うとラベンダー畑から帰る際、私の護衛を采配するために残ってくれたジスランさんに、気になっていたことを聞いてみたのだ。

私がジスランさんに尋ねたのは、陛下の目の下のクマや、眠くないと言い張っていた件について。過労死という言葉だと伝わらないだろうから、「働きすぎると体を壊します。その兆候が出ているように見受けられるんですが、どうでしょうか?」という聞き方をしてみた。するとジスランさんは困った顔で頷いた。

「妃殿下のおっしゃるとおり、陛下は働きすぎです。私もこのままでは危険だというのは重々承知しております。でも陛下は自分の体のことに関して無頓着で、睡眠をおろそかにする点に関してはどうしても言うことを聞いてくれないのです。本当に困ったものです。いっそ峰うちでも食らわせて、強制的にお眠りいただくべきかと——おっと、今のは忘れてください」

黒い笑いを浮かべながらそういうことを言うのはやめてくださいと思わず突っ込んでしまった。

ジスランさんと陛下が話しているのは数回見ただけだけれど、気心が知れている感じがしたし、陛下がジスランさんを信頼しているのは雰囲気からも伝わってきた。

そんな人に言われても睡眠環境の改善を図ろうとしないんじゃ、一筋縄ではいきそうにないな。

　慢性的な睡眠不足はすぐにどうこうできるものでもない。

　さっきジスランさんが言っていたように、一回強制的に眠らせたところで、付け焼刃だ。

その日の睡眠不足は解消されても、それを習慣にしなきゃ意味がない。

　ラベンダーの茎から花の部分をちぎりながらうんうん唸っていると、不意にひらめいた。

「そうだ、これ！　このラベンダーが、陛下の役にも立つんじゃないかな!?」

　エミリアちゃんが何を言ってるのよ、という顔で私を見てくる。

「このラベンダーを使って、陛下にアロマミストを作ってみるのはどうかなって思ったの。あ、アロマミストっていうのは、香りづけしたミストのことね。ラベンダーの香りで眠りの質がよくなるかもしれないし！　陛下にはうってつけだよ」

　侍女さんの手荒れ対策のために作る予定でいるハンドクリーム。その香りづけに使うラベンダーは、陛下にも伝えたとおり、ハーブの中でもトップクラスのリラックス効果を持っている。

　アロマミストには、ハンドクリームを作る過程で生産する精油を利用できるし、ものは試しだ。作ってみよう！　そう考えたところでエミリアちゃんがポツリと呟いた。

『……ふうん。いいわね、陛下は。エミに手作りのプレゼントをもらえるなんて。私もそのアロマミストを使って眠ってみたかったわ。なんで亡霊って眠らないのかしら。死んだことを後悔したことは一度もないけど、今はちょっとだけ生きてる人間ならよかったのにって思っちゃったわ』

決して叶わない願いごとを想うときのように、エミリアちゃんが遠い眼差しをする。

それを見た途端、何かを考えるより先に、涙がぽろっと零れてしまった。

『やだ、ちょっとエミ……！　なんで泣くのよ⁉』

「ご、ごめんね……。泣くつもりなんてなかったのに……。あれっ、困ったな……止まんない……」

エミリアちゃんまで泣きそうな顔になっている。

『本当に後悔なんてしてないんだからね！　可哀想なやつだなんて思わないでよね！』

慌てて鼻を啜って、ようやく涙を止められたけれど、エミリアちゃんは八の字に眉を下げたまま私をじっと見つめている。

『……どうして私のために泣いたりしたの』

「どうしてって……、だって、エミリアちゃんのことが好きだから」

彼女の人生や境遇を想うとき、どうしても冷静な気持ちではいられなくなってしまう。

エミリアちゃんは「好きだ」と言った私の言葉に驚いて目を丸くしたあと、くしゃっと顔を歪めた。私のように涙は流さなかったものの、きっとさっきの私と同じ感情を抱いているに違いない。

泣きそうなエミリアちゃんを抱きしめてあげたいのに、私は彼女に触れることができない。

話すことはできる。同じ時間を共有することもできる。それでも私たちは同じ世界に存在していない。

今まで気づいていなかったその事実を思い知らされて、胸が張り裂けそうに痛んだ。

『……私のことを好きだって言ってくれたのは、エミが二人目。初めてそう言ってくれたのは姉さんだった。もう死んじゃったけど』

私が口を開く前に、エミリアちゃんは首を横に振った。

『何も言わないで。今はまだこれ以上、話せないから……。でも、待ってて。私、エミにならいつか打ちあけられるような気がするの……』

この悲しい気持ちと引き換えに、私はエミリアちゃんの心に近づけたのだろうか？

『ほら、そのどんよりした顔をなんとかして！　私、湿っぽいのは大嫌いなの。知ってるでしょ？』

「う、うん……」

『ほらほら、早く！　無理にでも笑ってみせなさいよ！』

「ええ!?　そんな無茶な……！」

『笑えるようにくすぐってあげましょうか？　って、死んでるから触れられないんだったわ』

「エミリアちゃん……」

『ちょっと！　今のは冗談よ！　笑いなさいよ！』

「このタイミングで今の冗談はきついよ!?」

わーわー言い合ってるうちに、なんだかおかしくなってきて、気づけば二人して声をあげて笑っていた。

たしかにエミリアちゃんの言うとおり、悲しい気持ちに呑み込まれてる時よりも、笑っている時のほうが人はずっと幸せだ。

そうとわかったら、気持ちを切り替えて製作をはじめよう。

まずはラベンダーから精油を抽出するための器具作りだ。

テーブルの右側に、調理場から借りてきた魔法コンロを設置し、その上に大きめの鍋を載せる。左側にはやはり大ぶりのガラス瓶を置く。ウォーターボトルからガラス瓶の中に、たぷたぷたぷと水を注いでいく。水を注ぎ終わったら、口が狭く小ぶりなガラス瓶をその中に漬ける。小ぶりなガラス瓶の中には小石をいくつも入れてあるので、浮いてしまうことはない。魔法コンロにはまだ火をつけずに、摘んできたラベンダーを鍋にこんもりと入れて、蓋をする。

次は鍋の空気孔と、小ぶりなガラス瓶の口をチューブで繋ぐだけなのだけれど、その段階になってハッとした。

「しまった！　重要なアイテムが足りない……！」

鍋の蓋にある空気孔とガラス瓶の口は、本来ならばシリコンチューブで繋ぐのだけれど、この世界にシリコン素材なんてあるわけがない。なんでそんな重要な問題を失念していたのだろう。自分が思っている以上に、私はまだ元の世界の常識を捨てられていないのかもしれない。

チューブの代わりになるものを必死に考えてみるけど、これだという代用品が浮かばない。

藁はどうだろう。

ストローになるくらいだから、ある程度の密閉性は期待できる。ああ、だけど藁じゃ硬くて曲げられない。瓶と鍋の穴をU字型に繋がないといけないのだから、それでは困る。

「ううー。参った」

『エミ、どうしたのよ？』

腕を組んで唸っていた私に向かい、エミリアちゃんが尋ねてくる。

「エミリアちゃん、管を手に入れる方法って知らない？」

『管？』

「植物油を精製するのと同じ方法で、このラベンダーを蒸留して精油を作りたいの。それには熱した空気を、管を使って別の容器に移動させて冷やすって作業が必要なんだ」

『植物油って何に使うものなの？』

植物油の使い道を知らないとは……！　さすが生粋のお姫様。

「植物油は、炒め物とかで使う調理用の油のことだよ」

『ふうん？　だったら調理場の人間に聞いたら？』

「はっ、そうか！」

どうしてその発想が浮かばなかったのだろう。

今日の午前中、私は植物油をもらいに調理場に行ったじゃないか。

「さっそく聞いてくるよ！」

エミリアちゃんにちょっと待っていてねと告げて部屋を飛び出す。

善は急げ、なんてお気楽なことを考えていた私は、扉が閉まる寸前、エミリアちゃんが寂しそうな表情を浮かべていたことに気づけなかった。

調理場を訪ねると、いつものように料理長さんが迎え入れてくれた。
「これは妃殿下。どうされましたか？」

「料理油の抽出って調理場でやってるのか聞きに来たんです。もしそうなら器具をお借りしたくて」

「料理油ですか。残念ながら調理場では、すでに抽出されたものを購入(こうにゅう)しております」

「うう、そうなんですね……」

私ががっかりして肩を落とすのを見て、料理長さんが珍(めずら)しくオロオロとしはじめた。

「器具が必要なのですね？　それならば城下町のガラス工房(こうぼう)で作ってもらえますよ」

「頼むことができるんですか！」

驚いて料理長さんを見上げると、彼は戸惑い気味に頷いた。

「妃殿下、あなたは本当に変わった方ですね。妃殿下が望んで叶わないことなどそうないでしょうに」

「あ。待ってください。もしかしてすごく高価なものですか？」

それなら作ってもらうわけにはいかない。

手作り品のために高価な道具を手配してもらっては、本末転倒(ほんまつてんとう)もいいところだ。

私が値段を気にしたことで、どうやらまた料理長さんを驚かせてしまったようだ。

「ガラスは庶民(しょみん)でも注文できるくらいの値段です。妃殿下がお望みの品は、離宮からの依(い)頼品(らいひん)として発注しておきましょう。明日にはこちらに届くはずです」

「ほんとですか……！　ありがとうございます！」

勢い余ってガバッと頭を下げたら、さっき以上に慌てた料理長さんから「妃殿下が頭を下げるなどおやめください！」と制止されてしまった。

翌日、発注した品が工房から離宮に届けられた。割れないよう丁寧に梱包された包みを開けると、注文したとおりU字型のガラス管が出てきた。

これなら左右に設置した瓶と鍋をしっかり繋げる。

職人さんの繊細な仕事に感謝しつつ、改めて精油蒸留装置を設置し直した。やり方は前回と同じ。鍋とガラス瓶を置き、水とラベンダーを入れる。

ラベンダーは水切りして花瓶に挿しておいたので、まだまだ元気だ。

本当は今日もエミリアちゃんと一緒に作業をするつもりだったのだけれど、なぜか朝からずっと姿を見せてくれない。こんなこと初めてだ。どこかに出かけているのかな。

仕方ないので、エミリアちゃんの帰りを待ちつつ作業を開始する。

準備を整え、魔法コンロに火をつけたら、蒸留スタート。

熱しはじめて少しすると、ラベンダーの香りが漂いはじめた。これはつまり蒸留器具の中から空気が漏れてしまっているということなのだけれど、完全な密閉状態にするのは無理なので、敢えて匂いを楽しむことにした。この状態でも、精油作りに支障を来すほどじゃないしね。

中火でことこと煮て、一時間くらいかけてゆっくり精製すると、ラベンダーの精油はだいたい大きめのスプーン一杯分ぐらい取れる。精油は数滴たらすだけでも匂いがつくからこの量で十分だ。

そんなこんなで無事、ラベンダーから精油を抽出することができた。

さて、次は侍女さんに贈るハンドクリームを製作する。

用意するものはお鍋、スプーン、ガラス瓶。瓶はジャムの保管などに使うものの余りをもらってきた。

そのガラス瓶の中に、材料となる蜜蠟二匙と、植物油四滴を入れて、湯煎する。

温かくなった蜜蠟が溶けはじめたら、コネコネと練るように混ぜていく。

よーし、十分に混ざったな。

湯煎からガラス瓶を取り出したら、時間との勝負だ。熱が冷めれば蜜蠟はまた固まってしまうから、その前に精油を数滴たらして香りづけしなければいけない。

あとは完全に固まるまで放っておけばいい。

お次は陛下のアロマミストだ。

ラベンダーの精油はまだ余っている。先ほどの精油精製で使った器具をすべてしっかり洗ってから、今度は同じ方法で精製水を作る。

精製水っていうのは、簡単に言うと不純物のない無味無臭の水のことだ。水は時間が経つと匂いが強くなるので、この一手間が結構大事なのである。

精製水が完成したら、その中にラベンダーの精油を十滴ほど垂らして、ひたすら混ぜ合わせる。油と水だから、これがなかなか大変。筋肉のないエミリアちゃんの腕は早々に音を上げてしまうが、おりゃおりゃおりゃおりゃと頑張り続ける。

よし、仕上げに取りかかるぞ。最後に取り出したるは、お部屋に飾ってあった香水瓶。

エミリアちゃんの部屋は全体的にファンシーで、キラキラした空の瓶がたくさん並べられている。そのうちの一本に小指くらいの大きさのものがあったので、それを拝借することにした。そーっと慎重に、中身を移し替えれば――。

「完成ー！」

ちんまりとかわいらしい香水瓶に入ったアロマミストの出来上がり。

これを寝室のベッド周りに吹きかけたり、ミストを染み込ませたハンカチを枕元に置くだけで、ラベンダーのリラックス効果が期待できる。

もしかしたら陛下の睡眠問題も少しは改善されるかもしれない。

少量余った分は自分用にしようと思って別の小瓶に保存した。

私は控えの間へ向かい、侍女長さんに「この瓶を陛下にさしあげたいんで届けてもらえますか」と頼んでみた。

「陛下に贈り物ですか？　妃殿下が？」

「眠れない……というより、眠くないって言ってたので、その対策を練ってみたんです。目の下すごいクマでしたし」

「まあ！　お二人の関係は順調なのでございますね！」

「え⁉　い、いやそういうわけじゃ……」

「贈り物は直接お渡しくださいませ。すぐに王城へ使いを出しましょう。きっと今晩お越しいただけるでしょう。妃殿下のお支度を念入りにしなければ！」

「いやいや、陛下は忙しいだろうし届けてくれるだけで十分です！」

やたらと張り切り出した侍女長さんを慌てて止める。いつもは怒ってるか無表情かのどっちかのくせに。こんなときだけ目をキラキラさせるのはやめて……！

私の心の叫びも虚しく、本当にこれでもかというぐらい丁寧に身支度を整えられてしまった。

そのことを面白おかしく愚痴りたくても、話を聞いてくれるエミリアちゃんとは会えないまま。

もうすぐお別れだというのに、結局この日、彼女は一度も姿を見せてくれなかった。

第七章

昨日も会っているし、念入りに準備してくれても陛下は絶対に会いにこない。

そう主張した私の予想に反して、陛下はその日の夜遅く、慌てた様子で離宮にやってきた。

「よかった。まだ起きてた」

乱れた呼吸を整えながら、陛下が歩み寄ってくる。

まさに今、ベッドに入ろうとしていた私は、慌ててガウンを身にまとった。

侍女長さんが満足そうに部屋を出ていくのが視線の端に映って気まずい。

「悪い、エミから連絡をくれたのに、すっかり遅くなってしまった。離宮に顔を出すには、いくつか片づけなければならない仕事があったんだ」

「あ、それは全然気にしないで」

まだ陛下が会いに来たことが信じられず、戸惑いながら答える。

ていうか陛下、離宮に顔を出してる暇なんてあるのかな……？

もともとここ数日、仕事が手につかなくて遅れがちだったと言っていたし、昨日もラベンダー畑を訪れたため半日近く時間を浪費している。

間違っても徹夜で仕事をしてほしいわけじゃないけれど、陛下の気持ち的に大丈夫なのかと不安になった。陛下は仕事をしないでいると落ち着かない社畜脳なのだから、こんな状況は耐えられないはずである。

多分、本当はこの時間だって仕事をしていたいのだと思う。

「ごめんね。時間があるときでいいって言伝が届かなかったみたいだね。私はこのアロマミストを陛下に渡したかっただけなの」

「アロマミスト？」

「癒し効果がある香水みたいなものだよ。私が自分で作ったの。もしよかったら使ってね」

「エミの手作り？　それを俺に？」

「うん。陛下の癒しになればいいなあって思って。私の用事はそれだけ！　仕事に戻って大丈夫だよ！」

長い時間引き留めては悪いから、簡潔に話を済ませて陛下を送り出そうとした。

ところがその途端、私の差し出した小瓶を受け取ろうとしていた陛下の指が制止した。

「……今日はもう仕事はしない」

なぜかムッとした顔でそう言い放った陛下は、どかりとソファーに腰を下ろした。

少し不貞腐れているようにも見える。

「えっ。珍しいね。陛下が仕事をしないって言い出すなんて」

「だってそうしないと、仕事を理由に追い払われてしまうだろ？　俺はエミの傍にいたいのに」

私の反応を窺うように、陛下がじっと見つめてくる。

「……っ」

陛下の想いとちゃんと向き合う。そう約束したから、もう適当に受け流すことはできない。

でも、どうすればいいの？

だって切なそうな声で「傍にいたいのに」なんて言われてしまったのだ。

今までは陛下から向けられる言葉を本気にしていなかったので平気だったけれど、彼が口にしたのはとんでもない口説き文句だ。

意識した途端、頬がカアッと熱くなる。

陛下のほうはちゃんと話を聞いてさえいればそれで満足みたいで、私が何も言わなくても気にしている様子は見せなかった。

「エミも座れ。——ああ、それとも寝室に行くか？　寝る準備をしていたところだったんだろ？　ベッドの中でも会話はできる」

ベッドの中って……。……二人で同じベッドに寝るってこと!?

「いっ、行かない！　ここで話そう！」

大慌てで向かいのソファーに行こうとしたら、「そっちじゃない」と手を取られ、陛下の隣に座らされた。膝と膝がくっつくほど距離が近いのに、陛下が手を握ったままだから離れることができない。

「アロマミストだったか？　使い方をしっかり教えてくれ」

「あ、う、うん。えっと一般的な使い方だと、ベッドの周りに吹きかける方法がよく用いられてるの。だけど、陛下は寝つくのに時間がかかるみたいだから、匂いを染み込ませたものを傍に置いておくほうがいいかも。そうすれば、しばらく香りを楽しめるしね。たとえば――」

話の流れに合わせてサッと手を引いた私は、そのまま席を立ちチェストの中から綺麗にたたまれた絹のハンカチを一枚持ってきた。

それに、一、二回、アロマミストを振りかける。

もしこの匂いを気に入ってもらえたら、次はポプリを入れた『ぬいぐるみブサカワさん二号』を作って贈るのもいいかもしれない。

「香りが嫌じゃなければ枕に吹きかけるのもおすすめだよ。はい、こんな感じ」

匂いを移したハンカチを陛下に差し出すと、陛下は興味深そうに受け取ってくれた。

「香りをかいでみて」

「ああ」

手にしたハンカチを陛下がそっと顔に近づける。

その直後、なぜか彼の体がゆらりと横に揺れた。

「……え」

戸惑っている私の目の前で、陛下の体がゆっくりと傾いていく。

陛下はそのままぱたんとソファーに倒れ込んでしまった。

「えっ。……えーっ⁉」

「……」

「ちょっと陛下⁉」

嘘⁉　どういうこと⁉

急いで立ち上がり、陛下の枕元に駆け寄る。

慌てて顔を覗き込むと――。

「すー……」

え。うそ、まさか……。

身を屈めて顔に耳を近づけると、微かな寝息が聞こえてきた。

ね、寝てる……⁉　あの一瞬で⁉　そんなことありえる⁉

ラベンダーの匂いにリラックス効果があると言ったって、いくらなんでもこれはない。

「……でも明らかに寝息だ」

陛下はめちゃくちゃ暗示にかかりやすいタイプなのだろうか……？　にしてもな……。

万が一、病気や何かの発作で倒れたのだったらまずい。

心配なので、傍に寄り添ったまま何度か呼びかけてみた。

「陛下、陛下」

「んん……」

陛下は小さく唸ったあと、本格的に眠る体勢になってしまった。

目を瞑っていると、整いすぎていて近寄りがたい雰囲気がちょっと柔らかくなる。年相応のあどけない寝顔だ。

「えー……。どうしよう」

ぐっすり眠っている陛下を眺めたまま考え込む。顔色も悪くないし、意識を失った病人には見えない。もしかして、ついに寝不足の限界が来たのだろうか。

「……とりあえず侍女長さんを呼んでこよう」

私一人じゃ判断のしようがない。そう思って侍女長さんを連れてくると、彼女はソファーですやすや寝ている陛下を見て目を丸くした。

「まあ。どうなさったのですか？」

「実は話している途中に、突然陛下がソファーに倒れ込んじゃったんです」

侍女長さんは慌てて陛下を覗き込み、簡単な診察をした。

「これは……」

「はい……」

緊張感に、ごくりと喉を鳴らす。

「熟睡なさっていますね」

「やっぱり……？」

「まさか陛下がソファーでお休みになってしまわれるとは……驚きました」

「私が作ったアロマミスト――じゃなかった、寝室用香水の香りをかいだら寝ちゃったんです」

「妃殿下、魔法を使われたのですか？」

「え？　まさか！」

私に魔法が使えるわけない。でもそれを言うわけにはいかないので、とりあえずそういうことはしていないと必死に主張した。

「それなら、別に何も問題ございませんでしょう。夫婦なのですし。まあ陛下が何もせず眠ってしまわれたことは別の意味で問題ですが」

ちらっと寝室のほうを見て、侍女長さんがやれやれというふうに首を横に振る。

なんとなく言いたいことはわかるけれど聞き流す。

「どういたしましょう。寝台に移動していただきますか？」

「う、うーん」

でも、動かしたら起きちゃうんじゃないかな。睡眠障害らしい陛下が、またあっさり寝つけるとは限らない。あれだけ眠くないと言っていた人がこんなふうに眠ってて、しかもものすごく心地よさそうな顔をしている。起こすのは忍びないな。

「陛下が起きるまで、このままにしておきましょう。多分、そんなに長く眠っていることもないでしょうし」

ふかふかの高級ソファーと言えども、ベッドほど寝心地がいいわけではない。直に目を覚ますだろう。

「では風邪を引かれないようにブランケットを取って参ります」

「はい、お願いします」

侍女長さんが出ていったので、私は投げ出されている陛下の両足をよいしょと持ち、ソファーの上にあげた。

「ふう……」

一度向かいの席に座って、一息つく。それからすぐに侍女長さんがブランケットを持ってきてくれたので、お礼を言って受け取った。

「また何かあったら呼んでください」と言い残し、侍女長さんが控えの間に戻っていく。

ブランケットを広げて、陛下の上にかけると、途端に手持ち無沙汰になった。陛下が起きるまで傍にいるつもりだけれど、何をして待っていたらいいんだろう。

とりあえず陛下の傍らにしゃがみ込んだ私は、相手が寝ているのをいいことに、息を潜(ひそ)めてその整った顔を観察した。

……本当にキレイな顔をしてるよね。まつ毛も長いし……。これだと子供の頃は女の子に間違われたんじゃないかな。

そんなことを思っていると、不意に陛下がもぞっと動いて、枕代わりにしているクッションに頬をすり寄せた。

起きているときの陛下からは想像もつかないような可愛い仕草を目(ま)の当(あ)たりにして、私は思わず自分の口を手の平で覆った。

か、かわいい……！

まるで動物の赤ちゃんを見ているような気になってきた。

安心しきった寝顔も、スースーと聞こえてくる小さな寝息も、どうしようもないほど私の母性を刺激してきた。

今まで陛下に対してこんな感情を抱(いだ)いたことなんてないのに……。

眠っている陛下が相手だから、私も気を許していられるのだろうか。それとも……。

じっと陛下を見つめて考えていると、彼の前髪が一房、鼻筋の辺りに流れ落ちた。

くすぐったそうなので、そっと手を伸ばし指先で払ってあげる。

自然と目の下のクマが視界に入ってきて、ちくりと胸が痛んだ。

まだあどけなさの残る十七歳の男の子。彼はその肩に、いったいどれだけの重圧と責任を背負っているのだろう。

「……ねえ、陛下。私はまだあなたのことを全然知らないね」

これまではそのことに気づいてすらいなかった。それで問題がなかったから。

でも今はどうだろう？

抱えた膝に顔を埋めて、はあっとため息を吐く。

相手を知りたいと願うことが、どんな想いへ繋がる感情なのか知らないわけじゃない。

ちょっと困ったことになってきた。

頭ではなく、心の中でぼんやりと考えているうち、いつの間にか私は瞳を閉じていた――。

◆◆

「……これ……どうなってる……」

すぐ近くで、困惑しているような声がする。

なんだろ……？

ぼんやりした頭の片隅でそう思いながら、うーんと伸びをすると、なぜか節々が痛い。体が変に強張っている感じだ。

「ううっ……」

呻き声を零してゆっくり目を開けると、向かいのソファーには、呆然とした顔の陛下が座っていた。ばっちり目が合って数秒。私は現状を理解して、ハッと息を呑んだ。

しまった！　陛下が起きるのを待っている間に、私まで寝ちゃってた！

しかも窓の外がうっすら明るくなっている。

慌てて起き上がった拍子に、パサッと音をたてて毛布が落ちた。

おそらく眠っている間に侍女長さんがかけてくれたのだろう。

「お、おはよう陛下！」

着崩れていたガウンをサッと整えて、陛下に朝の挨拶をする。

陛下はびくりと肩を動かしてから、数回瞬きをした。

「……あ、ああ。おはよう」

寝ぼけているというよりは、状況が信じられないという顔つきだ。

「気づいたらソファーの上で寝ていたんだが、前後のことをまったく覚えてない……」

陛下は雑な手つきで髪をかき上げながら呟いた。

それはそうだろう。文字どおり気絶するように眠ってしまったのだから。

「えっと、アロマミストのくだりは覚えてる？」

「ラベンダーの香りをかいだところまでは記憶にある」

「陛下はそのあと突然眠っちゃったの。あ！　別に眠り薬なんて仕込んでないよ⁉」

「馬鹿、そんなことはわかってる」

「一応呼びかけたり揺さぶったりしてみたんだよ。でも本当にぐっすり眠っていて……」

そう言った途端、陛下の頬が赤くなり、膝についた両手に顔を埋めてしまった。

「何してるんだ俺は……」

「すごく疲れてたんじゃない？」

「だとしても、ありえないだろ……」

手の隙間から上目遣いで睨んでくる陛下はちょっとかわいい。

「それで、よく眠れた？」

「……夢も見なかった。不覚だ……」

陛下は困り顔で、自分の髪をくしゃっと握りしめた。少し寝乱れた服や、癖のついた髪のせいだろうか。ルーズさの中にどことなく色気が宿っていて、なんとも気まずい。

「あの！　陛下って暗示にかかりやすかったりするの？」

「まさか。そういうものへの耐性を作るための訓練をしっかり受けている」

「そ、そうなんだ……」

たしかに一国の王が、ころっと暗示にかかっていたらまずい。

でもそんな訓練を受けなければならないなんて……。

陛下の生きている世界が、私の生きてきた世界とはまるで違うのだと改めて思い知らされる。

「暗示にかかったわけじゃないなら、ラベンダーの匂いにすっごく弱いとか？」

「それだったらラベンダー畑で眠くなっているはずだ。あのときはなんでもなかった」

「あ、そっか。そうだよね」

だとするとラベンダーそのものが原因ってわけじゃないのか。

それならどうしてあんなことが起こったのだろう。

腕を組んで考え込んでいると、陛下が私の顔をじっと見つめてきた。

「もしかしてエミが作ったものだからじゃないか？」

「えっ」

「実はアロマミストの瓶を渡された時から感じていた。エミの作ったものは特別なんだ」

「どういう意味？」

「この世界の人間は総じて魔法を使えるという話はしたよな」

「うん」

「魔力は人それぞれ異なる。似ているものがあったとしても、まったく一緒ということはない」

　つまりDNAみたいな感じかな。

「この世界の生産物には必ず、作り手のオーラを放つ魔力が宿る。そのオーラによって、誰が作った物かを割り出すことすら可能なんだ」

「へえ。名前をわざわざ記さなくても製作者がわかるなんて面白いね」

「ただしオーラを感じ取る能力が強くなければ、魔力を込めた人間を割り出すところまではいかない」

「誰にでもわかるわけじゃないんだ？」

「魔力の強さによってオーラを見分ける能力も増す。だからと言って魔力が弱い人間が、他者のオーラをまったく感じられないということはないけどな」

「それってどんな感覚なんだろ。私にはまったく想像がつかないな」

「そう、それだ。エミは魔力を持たないから、エミが作ったアロマミストからはなんのオーラも感じない。――これはあくまで仮説だが、もしかしたらそれが良かったのかもしれない」

「え？　どういうこと？」

「魔力というものは互いに干渉し合う。自分の持つ力と異なる以上、他人の魔力にずっと触れていると、かなり影響を受けるんだ。疲労を感じたり、居心地が悪いと思ったり、常に他者の気配を感じたりな」

　魔法を使えるなんて便利そうだしうらやましい。

　そう思っていたけれど、いいことばかりというわけじゃないんだ。

　さっき陛下は「この世界の生産物には、作り手のオーラを放つ魔力が宿る」と言っていた。

　身の回りにあるものが自分の体に次々影響を与えてきたら――。想像しただけでゾッとする。

「魔力を持っているのって、かなり大変そうだね……」

「ああ。ずっと他者の魔力を感じているというのは、無意識レベルでの疲れに繋がる」

「それって、みんなそうなの？」

「他人の魔力を感知する能力が高いほど影響を受けやすくなる」

　だったら陛下はかなり大変な思いをしているはずだ。

「陛下は物に囲まれている時、どんなふうに感じているの？」

「人の気配がそこらじゅうにあって、押し寄せてきているような圧迫感を覚える」

　常に満員電車でおしくらまんじゅうされてるみたいな？

　私は部屋の中にある人工物の数をさっと確認して、ため息を吐いた。もうそうなってくると心が安らぐ場所なんて、自然物の中にいるときだけになってしまう。

「でもエミが作った物だけは違う。エミ自身からも、魔力所持者特有のオーラを一切感じないしな」

「つまり存在感がないってこと？」

「そうじゃない。エミの傍にいるときは、空気が澄んでいて呼吸しやすいんだ。他人が傍にいる際の疲労感も一切感じない。エミとならずっと一緒にいられそうだ」

「そ、そっか……」

陛下の言葉が照れくさくて、それくらいしか言葉が出てこない。

「アロマミストは、エミが作った道具というだけで、オーラを発しない特別なアイテムになっていることは確かだ。その結果、何らかの効果を発揮したのではないかと予測している。このアロマミスト、預かってもいいか？　色々と調べてみたい」

「もちろん。これは陛下のために作ったものだから自由に使って。そうだ、試しにもう一度嗅いでみる？」

瓶を開けようとしたところで急いで止められた。

「いや、万が一また眠ってしまったらまずい。――今、何時だ？」

陛下が振り返って時計を見ると、朝の六時半だった。

「ものすごくよく寝ちゃったね」

「ああ、ものすごくよく寝てしまった」

陛下と顔を見合わせて、お互いに苦笑する。

「――正直、こんなに頭がすっきりしている目覚めは何年ぶりかわからない。体も軽く感じる」

「ベッドで寝たらもっと体力が回復すると思うよ」

「エミが一緒に寝てくれるってこと？」

「なっ……！　そんなことは一言も言ってないよ……！」

真っ赤になって反論する私に陛下が明るい笑い声をあげる。

たしかに今日の陛下は昨晩に比べて顔色がとてもいい。

「徹夜しなかったおかげで、こうやってエミの照れる顔が見れたし、体の調子もよくなった。たまには悪くないな。こんなふうに過ごすのも」

陛下の言葉に驚いて勢いよく顔を上げる。それってつまり……。

「……たまには休もうって思ってくれるようになったの？」

「ああ。エミが構ってくれるなら」

「構う！　構うよ！」

思わず食い気味で返事をしたら、陛下がうれしそうにハハッと笑った。

「これで陛下は私と同じ失敗を繰り返さなくて済むんだ……。よかった……」

安堵のあまり、深いため息を吐く。

昨夜、疲れきって眠る姿に胸を痛めたからこそ、心底ホッとした。

「過ちしかない人生だったけど、少しでも陛下の役に立てたなら報われるよ」

「……本当に過ちだけだったのか？」

「え？　そりゃあそうだよ。無駄な責任感でがむしゃらになって働いたり……。私の人生すべてが間違いだよ。ほんと馬鹿だった」

「嫌な仕事をやらされるだけの日々から逃げられなかったってことか？」

陛下にそう言われた瞬間、私は自嘲気味な笑いを凍りつかせた。

だって、嫌な仕事――というわけではなかったから……。

ずっと考えないようにしていたのに、元の世界での思い出が止める間もなく甦ってくる。

　ゲームのストーリー構成を話し合うための会議は何時間かかろうと、うんざりすることなんてなかった。色々な人の意見が飛び交い、皆がよりよい作品を作るために知恵を出し合う。そういう場の熱狂的な空気が私は好きだった。

　それに、たとえ徹夜になったとしても、納品されたシナリオやイラストをチェックするときはとてもワクワクした。

　一つのゲームが世に出るときに感じられる達成感と喜びは何ものにも代えがたいし、プレイヤーさんの感想を見てうれしさのあまり涙を流すこともあった。

そう、とてもやり甲斐のある仕事だったのだ。

死んでしまうほど体を酷使して働くことは絶対に間違っている。

たしかに会社は人手不足だったし、私が社畜脳になったことの一端は会社にある。

でも今の私は、自分が過労死したことへの後悔から、仕事で得た幸せまで否定していないだろうか？

「なあ、エミ。何も顧みず、仕事をしていればいいわけじゃない。エミが教えてくれたから俺も気づけた。だがエミの人生が過ちだったとは俺には思えない。おまえにもそう思ってほしくない」

「……どうして？」

「おまえは過去を振り返るとき必ず、怯えた顔をする。死んでしまった後悔ゆえそうなるのならわかる。しかし、おまえがいつも口にするのは後悔ではなく、過ちを犯した自分をなじる言葉だ。自分を責め続けるのは辛いだろ？　俺はエミを楽にしてやりたい。余裕のなかった俺の心に、爽やかな風を送り込んでくれたおまえのように」

「……」

陛下に指摘されて初めて自覚した。

死んでしまったことはもちろんショックだったけれど、エミリアちゃんのおかげでなんとか受け入れられている。でも過労死の原因となった仕事のことは、ずっと落ち着いた気持ちで思い出すことができないでいたのだ。

感情が激しく波打つのがいやで、ちらっと脳裏を過るたび「ああああれは過ちだったから！　わかってるから！　思い出さないで！」と心の中で喚き、慌てて記憶の扉を閉めてしまっていた。それを陛下には見抜かれていたのだ。

——だけど、陛下はあの日々の私を認めてくれた。誤ちなんかじゃなかったと。

「そう、思っていいのかな……。私の人生は間違いじゃなかったって……。最終的に辿り着いた場所はバッドエンドだったけれど、私が終わりに向かう道の途中で感じていた達成感や喜びを、丸ごと否定することはないのかな」

独り言のように呟いた途端、なぜか心がスーッと軽くなった。ようやく今、落ち着いた気持ちであの日々を振り返ることができる。

私が見失っていたことを、陛下が気づかせてくれたんだ……。

「……ありがとう、陛下。私すごく楽になった……」

顔を上げると、陛下の穏やかな瞳と目が合った。

子供の目じゃない。大人の男の顔で、彼は私を見つめている。

陛下から向けられる眼差しをそんなふうに受け取ったのは、初めてのことだ。

今まではそういう眼差しを向けられても、どこかで彼を子供扱いしていた。

でも、今は……？

自分の中で、陛下の立ち位置が変化しはじめている。

その事実に気づいた瞬間、私はものすごく動揺した。

「そうだ、エミ。エミリアのことで何か変化はあったか？」

「あ、う、うん」

陛下が話題を変えてくれたことにホッとしながら、慌てて頷き返す。

「少しだけ思ってることを話してもらえたの。ただ、まだ時間が必要みたい。……明日で十日目なんだよね」

エミリアちゃんが霊体として存在していられるのは十日の間だけ。タイムリミットは刻一刻と迫っている。

「エミリアちゃんには待っていて欲しいって言われたけれど、やっぱり私から訊いてみたほうがいいかな……」

「ほら、また焦ってるぞ」

「さすがにこの状況じゃ焦りもするよ……」

「まあ、気持ちはわかるけど。でも十日間しか余裕がないことは、エミリアだってわかっているはずだ。明日の零時、日付が変わるまで猶予はある。エミリアを信じて、待ってみたらどうだ？」

「うん、そうだね。そうしてみる。ありがとう、陛下。相談に乗ってくれて」

思えば、なんだかんだ言って陛下はちょくちょくエミリアちゃんのことを尋ねてくる。手を貸そうかとも申し出てくれた。

「エミリアちゃんのこと、陛下も心配してくれてるんだね」

そう言って笑いかけたら、なぜか嫌そうな顔をされた。

「あいつに悪霊になられたら厄介だと思ってるだけで、別に心配してるってわけじゃ……！」

珍しく早口でまくしたてるから、それが本音ではないことに気づいてしまった。

最初に会った日、陛下が言ったエミリアちゃんを切り捨てるような発言は、国王という立場に立つ者としての意見で、陛下個人の想いとはまた違うところにあるのではないか。——今はそんなふうに思える。

ちょっとホッとしてニコニコしたら、陛下はますますむすっとしてしまった。

「その顔やめろって。絶対勘違いしてる。いいか⁉　俺が気にかけてるのはエミのことだから！　エミリアが悪霊になったら、おまえが悲しむだろ。それは見たくない」

一瞬前まで穏やかに笑っていた私はどこへやら、またしても陛下の言葉に動揺しすぎて、笑顔が引きつってしまったのだった。

陛下を送り出したところで、タイミングを見計らったかのように侍女さんたちがやって来た。そのまま朝食の支度がはじまる。

——あ、手荒れで悩んでいた侍女さん発見！

昨日は彼女が休みだったから、まだハンドクリームを渡せていないのだ。

彼女の仕事の邪魔にならないよう、朝食が終わるのを待って声をかけてみる。

「これ、この間話したハンドクリームです」

「まあ、妃殿下……！」

侍女さんはよっぽど驚いたのか、口元に手を当てて固まってしまった。

「手荒れに効くはずなので、よかったら使ってくださいね」

「妃殿下にぶしつけなお願いをしてしまって申し訳ありませんでした……！　まさか、本当に手作りのお品をいただけるなんて……」

「いいえ、そんな！　たいしたものじゃないので……！」

あまりに恐縮するので、私までそわそわしてくる。

「遠慮せずもらってください。もしいらなかったら、捨ててもらって構わないので」

「そんな！　捨てるだなんて……！　――それではありがたくちょうだいいたします。大切に使わせていただきます……！」

　彼女は私が手渡した小瓶を、とても大事そうに両手で抱きしめた。余計なお世話だったらどうしようかと心配していたので、喜んでもらえたみたいでよかった。

「侍女さん、ハンドクリームって使ったことありますか？」

「いいえ。見るのも初めてでございます」

　ちょっと説明をしてあげたほうがよさそうだ。

「ハンドクリームは、手に水分と油分を補給して、肌を守ってくれるんです。洗い物や洗濯のあとなんかは特に念入りに塗り直してください。続けていれば、少しずつ手荒れがよくなってくるはずです」

「まあ、そんな効果が……!?」

「じゃあ、使い方を説明しますね」

　一旦瓶を受け取り、蓋をかぽっと開ける。

　その瞬間、私と侍女さんの間にラベンダーの匂いがふわっと香り立った。

「なんていい匂いなんでしょう！　これは……ラベンダーでございますか？」

　侍女さんは目をまん丸くして驚きの声を上げた。

「ふふ、そうなんです。クリームをこのくらい指に取って、手に馴染ませて……。体温で温まったら全体に伸ばしてください。指先まで丁寧にね。はい、やってみて」

「は、はい！」

侍女さんは頬を紅潮させながら、私の説明どおりにクリームをすくい、その手に塗り込んだ。

「まあ……！　すべすべで、とてもいい匂い……！　それにちっとも傷にしみないんですね。それにこんなに手触りがよくなるなんて感動です」

侍女さんに笑顔で頷き返す。ふと視線を感じて顔を上げると、他の侍女さんたちが興味深そうに私たちのやりとりを眺めていた。声をかけようかとも思ったけれど、目が合っただけで、蜘蛛の子を散らすようにみんな仕事に戻ってしまった。

「妃殿下、本当にありがとうございます。ああ、でも使ってしまうのがもったいなくて、どうしましょう。十年ぐらい飾っておいてもいいですか？」

「それはやめましょうか!?　いつまでも保存できるものでもないですから！」

「そうなのですね……。わかりました」

「なくなったら、また作るので言ってくださいね！　あ、そうだ。他の侍女さんたちにも、『匂いが大丈夫そうなら、いつでも作るから』って伝えてもらえますか？」

興味はあるみたいだし、私からではなく侍女さんから声をかけてもらえば、反応が変わるかもしれない。

「妃殿下！　なんてお優しいのですか……！」

感動のあまり目を潤ませる侍女さんの勢いに、「おうっ」となる。

そんなたいしたことをしたつもりはないので、ちょっと恥ずかしい。

でもここまで喜んでもらえて、もちろんうれしくもある。

とくに侍女さんたちにはずっと距離を取られていたからなあ。まあ他の侍女さんたちにはまだ避けられているけれど……。

ただ一人だけでも普通に話してくれる人ができたのは、ありがたかった。

侍女さんたちが片づけを終えて撤収し、一人になったところで、私は室内をぐるんと見回した。

「エミリアちゃん、今日はいる？」

そっと呼びかけてみる。

昨日一日、エミリアちゃんを呼んでも返事がなかったので、気になっていた。

「……いないのかな。エミリアちゃん？」

やっぱり返事がない。

「まさかもう消えちゃったんじゃ……」

ううん、そんなまさか……。だってまだ時間は残ってる。

「エミリアちゃーん？」

衣装ダンスを開けて、中を覗き込んでいると、不意に上から不機嫌な声が降ってきた。

『ちょっと、どこ探してんの⁉　そんなところにいるわけないでしょ』

「エミリアちゃん！　よかった！　まだいてくれたんだ！」

ホッとして振り返ると、エミリアちゃんは空中でふんぞり返っていた。

幽霊にこういう言い方もあれだけれど、元気そうで何よりだ。

『何よ、どうしたの？』

「うん。エミリアちゃんと話がしたくて……」

意識的に考えないようにしていたけど、エミリアちゃんがいなくなるまで、今日を入れてあと二日しかない。

エミリアちゃんからは、そのことを意識して過ごしてほしくないと何度も言われているし、私もできるだけ彼女の希望を叶えようと、普通に過ごしてきた。

それでも、やっぱり心の中になんとも言えないもやもやが渦巻いている。

「ねえ、今日は私とおしゃべりしない？　エミリアちゃんと一緒に過ごしたいんだ」

『……ふん。しょうがないわね』

きっと、私の気持ちを察してくれたのだろう。

エミリアちゃんは渋々ながら承諾してくれた。

「昨日はどうしてたの？　姿が見えないから心配したよ」

『王宮内をうろうろしながら適当に過ごしたわ。姿を見せられないと案外暇なのよね』

「えっ。それなら私のところにも遊びに来てくれればよかったのに」

そう伝えたら、エミリアちゃんが複雑そうな顔で唇を引き結んだ。

『……あんまり出て来ないほうがいいと思ったのよ。だって、私はもうすぐいなくなる存在でしょ。仲良くなるほど別れるのが辛くなるじゃない。……もうエミを泣かせたくないもの』

どうしよう。エミリアちゃんが怒るのはわかっているけれど、胸が苦しくて言われた傍から泣きそうだ。

さっと背中を向けたら、後ろから盛大なため息が聞こえてきた。うう。バレている。

『そうやってまた辛気臭い空気を作る！　本当に転生は悲しいことじゃないのよ。新しいはじまりだもの』

この点に関しては、エミリアちゃんのほうがずっとしっかりしている。

私たち、十三歳も年が離れているのに。

「エミリアちゃんって、時々すごく大人っぽいよね」

『ちょっと「時々」ってどういうことよ！　だいたいこの世界で十五歳は立派な大人よ』

たしかに彼女は結婚もしている。しかも自分の意思とは関係なく、国や家族のために。

時代や生い立ちが違うとはいえ、私にそんな勇気や責任感はない。

『話を戻すわ。いい、エミ？　暗い顔で見送るつもりなら私が旅立つ時に、同席させないわよ』

「ええ⁉　それはだめ！」

一人でなんていかせたくない。

エミリアちゃんは、転生してきた私の傍にずっと寄り添ってくれていた。おかげで私はとても救われたのだ。

だから私だって、エミリアちゃんをしっかり見送りたい。

「最後の時は一緒にいたいよ」

『だったら笑顔でいなさいよね。泣いたら承知しないから』

「わかった。絶対に泣かないって約束する」

無理にでも笑って私が小指を差し出したら、エミリアちゃんはきょとんとした顔で首を傾げた。

「私のいた世界では、約束をするときにこうするの。小指同士を絡めてね」

『私たち触れ合えないじゃない』

「うん。でも、やってみない？」

ちょっと間があってから、エミリアちゃんは照れた様子で、もじもじと小指を出した。

幽霊のエミリアちゃんと、私はもちろん触れ合えない。でも不思議なことに、透明な彼女の指と重なったところが、なんとなく温かいように感じられた。

「約束ね。私、エミリアちゃんを笑って見送るから」

『ええ、約束よ』

エミリアちゃんはそう言った後、意を決したような表情で私を見つめてきた。

『エミ、私の話を聞いてくれる？　誰にも言ったことのない私の気持ち、エミになら話せる気がするわ……』

もちろんだと答えようとしたとき、突然私の返事をかき消すような悲鳴が聞こえてきた。

第八章

エミリアちゃんと話していると、突然隣室から「きゃっ……！」という悲鳴がした。

一拍遅れて、ガシャンッという音がする。

「……え⁉　な、何⁉」

悲鳴は、侍女さんたちが控えている続きの間の中から聞こえた。

急いで扉に駆け寄り、勢いよく開ける。

「どうしたの⁉」

控えの間は騒然としていた。

部屋の中央には、ハンドクリームをあげた侍女さんが蹲っている。

彼女の周りには、粉々に割れたガラスの破片が散らばっていた。

床に溢れ出た個体を見て、あっと息を呑む。

さっきの物音は、ハンドクリームのガラス瓶が割れた音だったようだ。

もう一度、侍女さんに視線を向けると、彼女が左手を庇うように右手で覆っているのに気づいた。その隙間から、ゆっくりと赤い滴が流れていく。

「怪我したの⁉」

慌てて駆け寄ろうとした私の肩を誰かが掴む。

振り返る間もなく、侍女長さんが私を庇うようにして前に出た。

「なりません、妃殿下。不用意に近づいて、妃殿下までお怪我をされたらどうします」

「でも……！」

「お任せください」

侍女長さんはそのまま部屋の中に入っていくと、怪我を気遣いながら侍女さんを立ち上がらせた。

「何があったのです？」

侍女さんは戸惑うように俯いたあと、声を震わせながら言った。

「わ、私の不注意でございます……」

彼女の瞳が微かに泳ぐ。私だけでなく、侍女長さんもその瞬間を見逃さなかったらしく、何か言いたげな顔をした。

「とにかく手当てをします。ついて来なさい。——他の者はそのまま待っていなさい。この瓶には触れないように。片づけはあとで私が行います。妃殿下はお部屋にお戻りください」

そう言い残し、侍女長さんたちが出ていくと、室内には気まずい沈黙が流れた。部屋に戻るように言われたけれど、そんな気にはなれない。

「……ねえ、何があったの？」

私は近くにいた子に尋ねた。侍女さんが怪我をしていたのは手の甲だ。割れた瓶を片づけようとして切ってしまったなら、普通は指先や手のひら側を負傷するはずである。

「あの……えっと」

私に捕まった子は、助けを求めるように他の子たちに視線を送った。

他の子にも同じように尋ねてみた。しかしみんな顔を見合わせて、曖昧な言葉を呟いたきり、黙り込んでしまった。侍女さんたちは私を蚊帳の外に追い出したまま、一塊になっている。それを見て、いつも以上に疎外感を覚えた。これじゃあ話を聞くどころではない。

私が困っていると、侍女長さんと怪我をした侍女さんが戻ってきた。

「妃殿下。まだいらっしゃったのですか」

はい、いました。それでめちゃくちゃ迷惑そうにされていました。

いや、そんなことはいいのだ。

「それより侍女さんの怪我は？」

侍女さんの手には包帯が巻かれていて、それがとても痛々しい。

「傷が浅かったのが幸いしました。ガラスの破片なども入っておりません。これなら痕も残らず済むでしょう」

「そっか、よかった……」

不幸中の幸いと言える。

ホッとして肩の力を抜いた私とは対照的に、表情を厳しくした侍女長さんが室内に残っていた子たちを見回す。

「それで、いったい何があったのです？」

さっき私がしたのと同じ質問だ。怪我をした侍女さんはやっぱり俯いて首を横に振るだけだった。けれど、他の子たちは侍女長さんに睨まれるとビクビクしながら説明を始めた。よっぽど侍女長さんが怖いのか。それとも私の立場が弱すぎるのか。多分どっちもだな……。

「あの子がガラス瓶を落として、破片で手を切ったんです。ただそれだけです」

侍女さんの一人が淡々と説明すると、それを聞いていた残りの子たちがこくこくと頷いた。

示し合わせたかのようなやりとりに違和感を覚える。

それ以上に、彼女の説明には穴があった。

「ガラスの割れる音がしたのは、彼女が悲鳴を上げたあとだったよね？」

私がそう尋ねると、説明をした侍女さんの口元がひくりと強張った。

「もう一度聞きます。起きたことについて正しく説明できる者は？」

侍女長さんの問いに対して、今度は誰も返事をしない。

数秒間待った後、侍女長さんはさらなる爆弾を投げた。

「答えないのであれば、この場にいる者は全員クビです」

とっさに数人が「そんな!」と声をあげた。黙ったままの子たちの顔にも、明らかに焦りの色が見える。中には半泣きになっている子まで現れはじめた。

「……答える者はいないようですね。わかりました。では、侍女を総入れ替えにすると上に話してきます。全員今すぐ荷物をまとめなさい」

「待ってください、侍女長! 私は関係ありません!」

「それだけでは信じようがありませんね」

突き放された侍女さんの一人は、たまりかねたように隣の子を指さした。

「彼女です! 彼女がハンドクリームにガラスの破片を入れました」

「な!? ちょっと!」

指をさされた子が焦って声をあげる。

「私も見ました。それにこう言っていました。『妃殿下に取り入ろうとしてるから嫌がらせをしてやるわ』って!」

別の侍女さんも証言に加わり、場の空気がガラリと変わる。

「あんたたち、どういうつもり!? 誰かに言ったら承知しないって言ったじゃない!」

指をさされた子は、真っ赤な顔でそう叫んだあと、ハッとしたように手で口を塞いだ。

「どうやら荷物をまとめてもらう人間が絞り込めたようですね」

「な、何よ！」

みんなに告発され、とうとうその子は癇癪を起こした。

「私だけ悪者ってわけ!?　みんなだって一緒になって喜んでたくせに！」

「私たちは見ていただけよ！　侍女長、あの子、ガラスの破片を入れたのが妃殿下の仕業だって思われれば、面白いことになるとも言ってました！」

社会人になって数年。このノリを完全に忘れていたけれど、これは学生時代にありがちな嫌がらせだ。

まったく、なんてことだろう。百歩譲って私はいい。

でも、何も悪くない子に怪我をさせるのは、ちょっと許せないぞ。

私が出るまでもなく侍女長さんがきちっと対処しているので、余計な口出しはしないでいるけれど、内心ではかなり怒っている。

「侍女長！　聞いてください！　私だけが悪いんじゃないんです！」

「言い訳は結構。あなたのしたことは職場の和を乱すだけでなく、妃殿下への不敬罪にもあたります。相応の罰を受けなくてはなりません。衛兵を呼んで参ります。そこで大人しくしていなさい」

本当にまずいことになったと実感したのか、犯人だった女性の顔がさーっと青くなる。

その直後、驚いたことに、彼女は私にすがりついてきた。

「妃殿下！　どうかお許しください！　ほんのいたずらのつもりだったんです！　私、ここをクビになったら困るんです！」

「何をしているのです！　妃殿下から手をお離しなさい！」

侍女長さんが引き剝がそうとしてくれるけれど、侍女さんの力は思いのほか強い。しかも彼女を無理矢理離す反動で、私は勢いよく吹っ飛ばされてしまった。

「うわわ!!」

アッと思ったときには遅く――。

私は派手な音をたて、テーブルの上の花瓶をなぎ倒しながら、床に転倒してしまった。

「いたたたた」

やばい、おでこがとにかく痛い。机の角にもろにぶつけてしまったようだ。侍女長さんに助けられてなんとか体を起こすと、こめかみの脇をつーっと冷たいものが流れ落ちた。

そっと指先で触れる。

あ。血だ。そう認識したのと同時に、地を這うような唸り声が聞こえてきた。

『よーくーもー……』

「ひっ!?　こ、この声は何!?」

『よーくーもー、怪我を、させたわねえええええ……っ!!』

部屋中が地震のようにガタガタと揺れはじめる。窓ガラスがバタンバタンと開閉を繰り返す。外は明るいのに、気づけば部屋の中だけが異様に暗くなっていた。

怖ろしいことに隣の部屋との間を仕切る壁が、黒くネバネバした液体のようなものに汚染されている。

その中からズズッズズッと不気味な音をたてて、髪を振り乱した少女の霊が姿を現した。

綺麗な金色の髪にも、黒いヘドロのようなものが絡みついている。

ゆっくりと顔を上げた少女は、白目を剝いて室内にいる一同をぎろりと睨みつけた。

ほとんど面影がなくなるほど、怒りの感情が彼女の顔を歪めている。

でも――、見間違ったりはしない。あれは、エミリアちゃんだ。

『せっかく無礼な振る舞いを見逃してきてあげたのに……』

エミリアちゃんの怒りに共鳴するかのように、部屋中の家具や窓ガラスがガタガタと音をたてて揺れる。

「ひいっ⁉　……妃殿下が二人⁉」

怯えきった侍女さんたちが、悲鳴を上げながら一か所に寄り集まる。

彼女たちの目が、私とエミリアちゃんの間を忙しなく行き来する。

どうやらエミリアちゃんは、姿を隠す術を解いたらしい。

侍女さんたちは混乱して、言葉にならないような声で喚きたてている。

『黙って聞いていればぬけぬけと。この子を侮辱したうえ、怪我をさせるなんて許せない！』

「待ってエミリアちゃん！　私、大丈夫だから！」

『全員思い知らせてやる……』

エミリアちゃんはまったく聞く耳を持ってくれない。

ズンッと強烈な圧力を感じて、思わず床にへたり込む。

誰一人まともに立っていられる者はなかった。

エミリアちゃんは完全に我をなくしている。

おそらく彼女は今、悪霊になりかかっているのだ。

彼女がもともと抱いていた怒りに、ハンドクリームの件が火をつけてしまったのだろう。

『許せない……許せない……許せないぃいいい』

部屋の中に竜巻が湧き起こる。巻き上げられた椅子や机が、次々に飛んでくる。まったく見境なしだ。

侍女さんたちは一塊になって、泣きながら謝っている。

それでもエミリアちゃんの暴走は止まらない。

「エミリアちゃんお願い、もうやめて！」

「妃殿下、危ない！」

侍女長さんの声を聞き顔を上げれば、宙に浮かんだ机が私の真上にあった。

まずい。避ける間もなく、机は私に向かって一直線に落ちてきた。

とっさに頭を庇って、身を伏せることしかできなかった。けれど――。

「……あれ……？」

痛みと衝撃を覚悟したのに、何も起こらない。

恐る恐る目を開けると、目の前に陛下の背中があった。

「エミ、無事か!?」

驚いて視線を上げると、私の頭上には透明なドームのようなものが出現していた。私の上だけではない。部屋にいる侍女さんや侍女長さんの上にもドームができている。

これはきっと陛下の魔法だ。

荒れ狂って飛び交う家具は、その透明なドームにはじかれている。

あんな勢いでぶつかってきてるのに、すごい……！

もしかしてバリアみたいなものなのかな。とにかく陛下が来てくれて助かった。

陛下は私を振り返ると、顔を見て目を見開いた。

「額を切ってるじゃないか!?」

「あ、これは今怪我したわけじゃなく……って、そんなことはいいの！　それよりエミリアちゃんが……！」

「ああ。禍々しい気配を感じて、慌てて駆けつけたんだが……。まさかこんなことになっているとはな」

「どうしよう……。私が怪我をしたせいで、怒りが爆発しちゃったみたいなの……」

陛下は以前、憎しみに怒りの感情が注がれると闇の力が増すと言っていた。

まさにそのとおりの状況となってしまったのだ。

せっかくもう少しでエミリアちゃんが心の内を明かしてくれそうだったのに。

私のせいでなんてことに……。

「これ、あの黒いオーラだよね……」

陛下は難しい顔で首を横に振った。

「いや、比べものにならないくらい悪化している。こちらの声ももう届かないだろう。エミリアは怒りによって我を忘れている。見ろ」

陛下に促され、視線を上げる。

エミリアちゃんの周囲に渦巻く黒い靄は、この間のものよりもかなり濃い。

「エミリアの纏う闇の力は、どんどん強大なものになっていっている。これはもう悪霊と変わらない。……――消滅させるしかないな」

「な……！」

そんなことさせられない。なんとしても、もとのエミリアちゃんに戻さなくちゃ……！

「エミリアちゃん！　聞いて、お願い！」

『許さない……許さない……』

「エミリアちゃん！」

名前を呼び、彼女の心に訴えかけようと試みても、陛下の言ったとおり私の声はまったく届かなかった。暗いオーラに取り囲まれて宙に浮いているエミリアちゃんの目はうつろで、どこも見ていない感じだ。

ただ叫んでいるだけじゃ、意味がない。

何か手を考えないと……！

そのとき、風に飛ばされて転がっていくガラス瓶が視界の端に映った。

あれは自分用に取っておいたアロマミスト……。

「そうだ。あれを使えば……！」

ひらめいた私は陛下の作ってくれたバリアの中から出ていこうとした。

それに気づいた陛下が、腕を掴んで引き留めてくる。

「何やってる！　出るな」

「でも……！」

「おまえを守れなくなる」

安全なところから叫ぶ言葉なんて、今のエミリアちゃんにはきっと伝わらない。

「このままじゃ、他の人たちやエミリアちゃん自身も危ないんでしょ⁉　私が怪我するくらい平気だよ」

「馬鹿！　平気なわけない！」

「さすがにもう死にたくはないけれど、それ以外なら問題ないから！　とにかくそこで見ていて」

「あ、こら！　エミ‼」

私は陛下の制止を振りきってバリアの外に出た。

途端にものすごい向かい風を受けて、体がぐらっと傾いた。目も開けていられないほどだ。

飛んで来るものもたくさんあって、進むのすら困難だった。

そんな中、壁際に落ちていた小瓶をなんとか掴み取る。

「エミ！　待てるのは五分だけだ。エミリアの闇の力をこのまま放っておけば、俺でも手に負えなくなる！」

陛下の声が後ろから聞こえる。

勝手に飛び出してしまった私を、それでもサポートしてくれようとしているのだ。

「ありがとう、陛下……！」

両腕で顔を庇いながら、腰を低くして、一歩一歩進んでいく。

「うっ……くっ。はは……。すごい風……！　油断したら吹き飛ばされちゃいそうだ……。もっと体重を増やさないとだめだね、エミリアちゃん……！」

私は彼女に話しかけながら、近づいていった。

でも、やっぱり声は届いてない。

近づけば近づくほど風圧が増す。気を抜くと飛ばされそうだ。

頑張って踏ん張るけど、このまま向かい合っていたらあの作戦は使えない。

部屋の中で唯一、風がやんでいる場所。それがエミリアちゃんの背後にある。

あそこに回り込まなくちゃ――。

もっと腰を落として……。

ほとんど這いつくばるような体勢になって、なんとか距離を詰める。

ドレスのスカートがバタバタと音をたて、中に穿いているドロワーズが見えてしまっている。けれど、もはやそれどころじゃない。

とにかく前へ……！

少しずつ、前進を続けて、私はついにエミリアちゃんの背後に回り込んだ。

すっと体が軽くなる。私はすぐさま持っていたガラス瓶を取り出した。

ラベンダーには鎮静作用があり、苛立ちや緊張した心を和らげてくれる。

エミリアちゃんの怒りも、ラベンダーのミストが鎮めてくれるかもしれない。

陛下の推測どおりなら、私の作ったアロマミストは、魔力の強い者にこそ効果がある。今のエミリアちゃんには、うってつけのはずだ。アロマミストが幽霊に効くかはわからないし、陛下の推測が当たっているかも定かではない。でも他に方法がないのだ。

だから、とにかくこのめちゃくちゃなひらめきに賭けるしかなかった。

「お願い、エミリアちゃんに届いて……！」

ぶしゅっ――。

私はアロマミストをエミリアちゃんに吹きかけた。

エミリアちゃんの体がギクッと揺れる。よし、反応があった!!

私はそのままアロマミストをぶしゅぶしゅと何度もエミリアちゃんの顔に吹きかけまくった。

反応があったのは最初の一回だけで、それ以降はなんの変化もない。

だめ？　効いてないの……？

「エミ！　くそっ、もう時間切れだ！」

陛下の声がする。

本当にもうだめなの？

そう思ったとき私の脳裏にエミリアちゃんの言葉が甦った。

――生まれ変わるのすごく楽しみなの――

にこっと笑ってそう言った彼女の姿を思い出す。

「やっぱり、だめ……。見捨てたりできない……！」

もう一歩踏み出し、エミリアちゃんと完全に重なる。

黒いオーラに私も取り込まれ、体中がしびれるように痛いけれど、そんなこと構っていられない。

私は香水瓶の蓋を外し、逆さにしてエミリアちゃんの頭上にかざした。私とエミリアちゃんの上にラベンダーの液がびしゃっとかかる。そのとき――。

『…………くさっ!!　いくらなんでもまき散らしすぎよ!!』

「……！」

エミリアちゃんの目の中に輝きが戻っている。視線がようやく合った。

「エミリアちゃん、私の声が聞こえる!?」

『当たり前よ！　ていうかなんなのこれ、全身ラベンダーくさっ』

いつもの威勢のいい声に怒鳴られた私は、安堵のあまり思わず泣き笑いを返した。

まだ黒い靄が消滅したわけじゃない。

でも、これでエミリアちゃんと会話ができるようになった。

とにかくエミリアちゃんの怒りを鎮めなくちゃ……！

「エミリアちゃん、お願い、怒らないで！　このままじゃ悪霊になっちゃうよ」

『そんなの私だってわかってるわ……！　でもだめなの！　怒りを呑み込もうとしても抑えられないのよ……！』

エミリアちゃんは胸元に手を当てたまま、苦しそうに顔を歪めている。

きっと自分の感情と戦っているのだろう。

ところがエミリアちゃんがこらえようとすればするほど、靄の色が淀み、闇に覆われた範囲が広がっていってしまうのだ。

なんで⁉　会話が通じるようになったし、怒りを鎮めようとしてくれているのに……。

「待て！　エミ」

慌てて振り返ると、魔法のバリアを維持してくれている陛下と目が合った。

「怒らないでいようと我慢することが、却って負荷を高めているように見える」

たしかに陛下の言うとおりだ。

おそらく怒ること自体が悪いわけではない。

苛立ちや怒りを抱いているのに、それを抑えようとして強烈なストレスを感じているのが問題なんだ。

それにあの黒い靄、人間のどす黒い感情を具現化させたように見える。それなら――。

「エミリアちゃん、デトックスしたほうがいいのかも！」

『は⁉　でと……何よそれ』

「溜め込んだ気持ちを全部吐き出してすっきりしちゃうの！」

私が説明すると、エミリアちゃんは首を振って嫌がった。

『い、嫌よ、そんなの。全部吐き出すなんて。みっともないじゃない！』

「大丈夫だよ、エミリアちゃん。全然、恥ずかしいことじゃないから。誰だって、そういう爆発しそうな気持ちを持つことがあるもの。私も社畜時代、上司に対するストレスを溜めまくって眠れなくなったりしたからよくわかるよ。そういうときは大声で文句を言って、鬱憤を晴らすのが一番なの！」

『でも……』

「そうしたらすっきりして、心が浄化されたみたいな気持ちになれるんだよ！　だからやってみよう⁉」

エミリアちゃんはそれでも割り切れないようだった。

『思ってることを全部話すなんて無理よ……！　王族はそんなことしちゃいけないの。結婚が嫌で逃げ出したから、その罰で死んだようなものなのに！』

王族として生まれたことを憎みながら、その事実にどうしても縛られてしまうのだろう。

私はそんなエミリアちゃんをなんとしても苦しみから解放してあげたかった。

「でも、今はもう亡霊でしょ！　死んでまで立場を気にして言いたいことも言えないなんて変だよ。そのせいで転生できなくなるかもしれないのに！」

図星をつかれたと思ったのか、エミリアちゃんの瞳がひどく揺れた。

「もう誰に遠慮することもないよ。ね？」

『……エミはともかく、他の人に聞かれたくない』

「じゃあ小声で話そう！」

本当は大きな声で発散させてあげたいけれど、仕方ない。

「教えて、エミリアちゃん。何が一番引っかかっているの？」

『……一番なんてない。私、全部を憎んでる。生まれも、家族も、国も、立場も、運命も。全部何もかも許せない。だってそのせいで私の姉さんは……』

以前、エミリアちゃんが少しだけ聞かせてくれた亡くなったお姉さんのことだ。

「お姉さんのこと、私に話してくれる？」

エミリアちゃんが微かに頷く。

『……私の結婚が延期になった影響で、私の国は別の国と国交を強化する必要が出てきたの。その結果、五つ上の姉が、父の命令で北にある雪深い国にお嫁に行くことになったわ。でも姉は環境の変化に馴染めなくて病に倒れてしまった。――そのまま国に帰らされて病死した』

「そんな……」

『姉が死んだと聞いて、父は姉のことを罵ったわ。「役立たず」だってね。その父の言葉を聞いて思い知ったの。王族として生まれた私たちは、所詮国王や国のための存在でしかないんだって。国の役に立たなければ、実の親からも無意味な命だと罵られるのよ……！』

感情が揺れるのに合わせて、エミリアちゃんの声も少しずつ大きくなっていく。

私はかける言葉を見つけられないまま、両手をぎゅっと握りしめた。

『十四歳の冬に、陛下との結婚の話が再浮上した。勝手な話よね。また強制的に花嫁修業がはじまって、すべての自由が奪われたわ。公務の間に庭に出たり、お茶を飲んだり、そんなささやかな楽しみもすべて禁止された。遊んでいる時間があるなら、嫁いだ後、相手の男に気に入られるような手練手管を少しでも身につけろって言われたのよ』

まだ十四歳の女の子に、それは辛すぎる。

『私は耐えきれなくなって脱走したわ。でも、逃げても逃げても見つかって連れ戻された。二回逃げて、三回逃げて、とうとう軟禁されたのよ。だから、食べるのをやめたの』

結婚したくなくて、食を絶っていたという話はここに繋がるんだ……。

『その直後、父のもとに連れて行かれて怒られたわ。「おまえも姉のように役立たずのまま死ぬ気か」って。私は言い返した。「人間らしく生きたいと思うことの何がいけないの！」とね。私は父に平手打ちされ、手足を拘束され、塔の上の小さな部屋に閉じ込められたの。

魔法で強制的に栄養をとるようにされたせいで、食べないという反抗も無意味なものになったわ』

ひどい……。

もしかしてエミリアちゃんの胃がすごく弱いのは、その一件が影響を及ぼしているのかもしれない。ちゃんと食べて消化するっていう活動をしなければ、胃は小さくなって弱ってしまうとどこかで聞いたことがある。

「誰かエミリアちゃんの話を聞いてくれる人はいなかったの？　相談する相手とか……」

『様子を見に来てくれた母には相談してみたわ。母は優しかったから』

「お母さんはなんて？」

『母は手足を拘束されている私を車椅子に乗せて、王族の肖像画が飾られた部屋へ連れて行ったわ』

「そこで、何があったの？」

『母はあくまで穏やかだった。そして笑いながら言った。「王族の命も体も国のもの。王の娘として生まれたからには、求められた振る舞いをすればいいのですよ。何も考えず人形のようにね。皆、そうやって運命に従ってきたのです。わたくしも、あなたのおばあ様も、そのまたおばあ様も。どうしてあなただけが運命から逃れられると思うのです？　おかしな子ね」』

エミリアちゃんから語られた言葉を聞いて、私はぞっとした。

エミリアちゃん自身も同意見だったみたいだ。

『初めて母を恐ろしいと思った。父よりもね。「王家の皆があなたの行いを見守っています。一族の恥と思われぬよう、生きなければなりませんよ」……そんなふうに母は言ったわ。それからは、抗うだけ無駄だって悟って、聞き入れたふりをして大人しく過ごした。その間も、王家や両親、自分の宿命に対する憎しみを募らせながらね』

「そうだったんだ……」

エミリアちゃんはそのまま嫁ぐ日を迎え、この国に連れて来られた。

そして、そこで再びチャンスを得た。エミリアちゃんの逃亡は発作的な行動ではなく、機会を窺った上でのものだったのだ。

「結局、満を持した脱走も失敗に終わって、私は死んでしまったけれど。でもそのことに関しては後悔してないわ」

「エミリアちゃん……」

『だって嫌だったの……！　王家も王族も全部、全部嫌だった！　国がどうなろうと、もう知ったことじゃない。母も父も死ぬまで何十年も王家と国に縛られていればいい！　あいつらの持っていない自由を私は手に入れてやったわ！』

エミリアちゃんは大声で叫んだ。黒い靄が増すことはない。

むしろエミリアちゃんの吐き出す言葉の威力に驚いているかのように、四方に散っていく。

デトックスの効果が出てるんだ……！

『私は死ぬことで自由になってやったのよ！　ばーかばーか！』

「その調子だよエミリアちゃん！　もっと吐き出して！」

『私は絶対に転生して、次は幸せで自由な人生を、思うまま生きてやるんだから！　こんなところで悪霊になんかなってる場合じゃないのよーっ!!』

黒かった靄の色がどんどん薄くなっていく。

『はあ、はあ……』

肩で息をするエミリアちゃんと目が合う。

彼女の目に、さっきまでの淀んだ暗さはない。

「他に言いたいことはある？」

『もうないわ』

「すっきりした？」

エミリアちゃんは、自分の胸に手を当てると、仏頂面でそっぽを向いた。

『……言いたいことは何も残ってないわ』

「よかった……」

エミリアちゃんはばつが悪そうに、もじもじと俯いている。

『言いたいことを言っただけでこんなにすっきりするなら、もっと前にやっておけばよかった。——いいえ、違うわね。生きていた頃の自分には、どうしてもそれをする勇気がなかったんだわ。どうして姉の悪口を言う父を見て見ぬふりしたのか、どうして母に反論しなかったのか、ようやくわかった気がする』

「エミリアちゃん……」

『結局、私もあいつらと一緒なのよ。逆らうほどの勇気が持てなかった。本当はそんな自分に対して一番腹が立っていたの』

彼女が晴れやかな顔で視線を上げた瞬間。

エミリアちゃんの周りに漂っていた薄い靄が、完全に消滅した。

吹き荒れていた風も、いつの間にかやんでいる。

私の前にいるのは、真実と向き合ったことで憑きものが落ち、晴れ晴れとした笑顔を浮かべられるようになったエミリアちゃんだった。

風がやみ、昼間の明るさが室内に戻ると、腰を抜かして固まっていた侍女さんたちが小

さな声でひそひそ話をはじめた。事態が収束したので、今起きたことについて考える余裕(よゆう)が出てきたのだろう。彼女たちは戸惑った様子を隠さず、身を寄せ合っている。

「なぜ妃殿下が二人いるの……？」

「……まさか影武者(かげむしゃ)!?」

「片方の妃殿下は透(す)けてるじゃない……！　ま、まさか亡霊……!?」

怯えた瞳が向けられるのを感じながら、私はエミリアちゃんを背後に庇った。

侍女さんたちが困惑(こんわく)するのも当然だけれど、どうしたものか。

まさに一難去ってまた一難という状況だ。

『……まずいわね。私の存在が知られちゃったわ』

エミリアちゃんを振り返ると、珍しく小さくなって困った顔をしている。

エミリアちゃんに罪悪感を覚えさせたくはない。だからこそなんとしても誤魔化(ごまか)さないと……。

でも、どうやって……。

私がおろおろしていると、横からすっと陛下が歩み出てきた。

「エミリア。しばらく侍女たちの前から姿を消してくれ」

『え？』

私とエミリアちゃんの声が重なる。

でもエミリアちゃんのほうは何かを察したようで、無言で頷くと、すっと透明になった。

「きゃああっ!?　消えたわ！」

「やっぱり妃殿下は亡霊だったの!?」

陛下の前だということも忘れて、侍女さんたちが悲鳴を上げる。

そんな彼女たちの前に立った陛下は、目を伏せ、静かな声で呪文のようなものを唱えた。

その瞬間、きらきらした銀色の粉が、侍女さんたちの上に降り注いだ。

これも魔法なの……？

驚く私の目の前で、侍女さんたちの表情が変化していく。

まるで幻にあてられたかのように、ぼんやりした顔つきへと……。

「陛下、何をしてるの？」

「この部屋で起こった出来事に関する記憶を、侍女たちの中から消す」

「ええ!?　そんなことできるの!?」

陛下はなんでもないことのように頷いたけど、記憶を操作できるなんて、とんでもない魔法だ。

侍女さんたちはぽーっとした顔のまま座り込んでいる。

陛下が指で空中に何かを描くようにすると、その動きに合わせて、大破し散らかった室内がどんどん元に戻っていった。散乱していた椅子もテーブルも、ちゃんと最初にあった場所へ。割れたガラスや破れてしまったカーテンも、魔法のように元通りだ。

――って、これは本当に魔法なんだよね……。

最終的に室内は、あんな騒動があったなんてわからないくらい綺麗になった。

「さて」

陛下がぱちんっと指を鳴らすと、侍女さんたちの体がびくっと跳ねた。

「あれ……。何が起きたの？」

「私たち、いったい……？」

狼狽える侍女さんたちを横目に、陛下が侍女長さんに指示をする。

「侍女長。この者たちを連れて外に出ていろ」

「は、はい」

同じようにぼんやりした顔の侍女長さんが、他の侍女さんたちを連れて部屋を出る。

「エミ！」

扉が閉まるのと同時に、私の名前を呼んだ陛下が駆け寄ってきた。

さっきまで怖いくらい冷静な態度で采配を振るっていた人と同一人物なのかと疑いたくなるぐらい取り乱している。

「えっ、な、何。どうしたの？」

「その傷……」

言われて思い出した。そういえば私、すっ転んでおでこを切っていたんだっけ。それどころじゃないからすっかり忘れていたよ。

確認(かくにん)するように指先を額に持っていくと、触れた場所からズキッと痛みが走った。

「じっとしていろ」

私の顔の前に陛下が手のひらをかざす。

患部に日だまりのような暖かさを覚えた直後、額の痛みが突然消(き)え失(う)せた。

「あれ……。痛くない……？」

「魔法で治療(ちりょう)した。これで傷痕(きずあと)が残ることもない」

「すごい……。ありがとう、陛下」

「いや……。エミの治療が最後になってしまって悪かった……」

「そんなこと気にしないでよ。エミリアちゃんを止めることや、侍女さんたちをなんとかすることのほうが大問題だったじゃない？　そもそも私ですら自分が怪我したことを忘れてたぐらいだし！」

陛下は複雑そうな顔で小さくため息を吐いた。

「それはそうだけど、優先順位を平等につけたくない自分がいる……」

陛下の指先がおそるおそるというように、私の前髪(まえがみ)に触れる。

「本当にもう痛くないか？」

「う、うん」

気遣うような瞳に見つめられると、胸の鼓動が速くなってしまう。

「今日は逃げようとしないんだな」

陛下が私の気持ちを窺うように、瞳を覗き込んでくる。

どうしよう。熱のこもった視線から逃げられない。

そのとき――。

『ちょっとー!!　いい加減、私が出て行きづらい雰囲気を出すのはやめなさいよ!!』

「わあ!?」

私たちの間にむすっとした顔のエミリアちゃんが割って入ってくる。

慌てて飛び退いて陛下から距離を取ると、露骨にムッとした顔になった陛下が舌打ちをした。

「エミリア……せっかくエミが大人しく触れさせてくれてるのに、なんで邪魔をする。もう少し気を遣って姿を隠していてくれればいいものを……」

『ふーんだ！　私はエミの味方だから、うっかり雰囲気に流されてるだけのエミの目を覚まさせてあげようと思ったのよ』

「雰囲気に流されてるだけ……。そうなのか、エミ」

いや、絶望した顔で私を振り返るのはやめて……！　そんな質問に答えられるわけないよ！　だって違うって言えば、陛下に惹かれはじめていることを本人に打ち明ける流れになってしまう。無理無理！　まだそういう段階じゃない……！

私が眉間に皺を寄せて黙り込んだら、陛下はがっくりと肩を落とした。

エミリアちゃんだけが満足げな笑顔でふわふわと揺れている。

最後の日、陛下はエミリアちゃんが消えてしまう夜まで私たちを二人きりにしてくれた。

防犯のため、部屋を出た先には衛兵さんたちが待機しているけれど、室内に出入りする人は誰もいない。

あれから侍女さんたちは、陛下の命令で即座に全員解雇されることになった。

魔法で消し去った記憶が戻ることはほぼないらしいのだけれど、何かの拍子に思い出さないとは言い切れないのだという。同じ場所で働き続けていれば、記憶が刺激される頻度も増える。だから雇用し続けることはできないと言われれば、私も頷くしかなかった。

ハンドクリームをあげた侍女さんとは仲良くなれるかもと期待していたところなので、残念だった。

実をいうと、ハンドクリーム事件のことを知った陛下は侍女さんたちにかなり怒っていて、「エミを傷つけたことへの償いを、解雇如きで済ませるなど俺は納得できない」と言い出したので、これでもましな結果になったほうだった。

烈火のごとく怒りまくっている陛下を宥めるのはめちゃくちゃ大変だった。

エミリアちゃん的には子供のように怒っている陛下と、それをアワアワしながら宥めている私という構図が相当ツボだったらしく、何度も思い出してはおなかを抱えて笑っていた。エミリアちゃんがあんまり笑うから、だんだん私もおかしくなってきたくらいだ。

そんなふうに私とエミリアちゃんは笑い合ったり、たわいもない雑談をしたりしながら、ラベンダーのアロマを薫いた部屋の中でのんびり女子会をやって一日を過ごした。

「もしエミリアちゃんに行きたいところがあるのなら邪魔しないよ」と伝えたけれど、なんと彼女の方から「夜までエミと一緒にいるわ」と言ってくれたのだ。

――そしてついに別れの時がやってきた。

深夜の少し前。仕事を切り上げて駆けつけてくれた陛下と三人で、バルコニーに出る。

『夜空に向かって飛んで行って、そのまま消えてしまいたいの』

それがエミリアちゃんの望みだった。

『見送りはエミ一人でよかったのに。最後まで陛下の顔を見なくちゃいけないなんて最悪』

ブツブツ文句を言っているわりに、エミリアちゃんはそんなに嫌がっているようには見えない。

心の中に溜まっていた不満をすべて吐き出したことで、陛下に対するモヤモヤも消えてなくなったのかもしれない。きっかけは陛下だと言っていたけれど、エミリアちゃんが囚われていたのは、ままならない環境や、それに支配されていた自分自身だったのだから。

「気を遣うな、エミリア。おまえのために来たわけじゃないから。俺はたんにエミリアがいなくなったあとで、落ち込むエミを励ましてポイントを稼ぎたいだけだ」

『ちょっと聞いた、エミ!? この男の小賢しい策略にハマったりしたらだめだからね！』

「ふふっ。今のは陛下の冗談だよ。本気でそんなこと思ってたら、私の前で口にするわけないもん。ね、陛下」

「いや、冗談というわけじゃ……」

なぜか慌てた顔をする陛下を指さして、エミリアちゃんが「ざまあみなさい」と笑っている。

今日のエミリアちゃんはよく笑う。

いつまでもこんな時間が続いたらいいのにな……。

けれど私の願いは神様には届かず、エミリアちゃんの体がキラキラと輝きはじめた。

金平糖のような小さな星屑がエミリアちゃんの体の周りできらめいているのだ。

『――時間だわ』

エミリアちゃんは静かにそう言った。

「エミ、私の体を受け取ってくれてありがとう。それから……色々ごめんなさい。たくさん迷惑をかけちゃったわね……。エミがいなかったら私は間違いなく悪霊になっていたと思う」

「エミリアちゃん……」

『私、エミに会えて本当に良かった』

「うん、うん！　私もだよ……！」

『いい、エミ？　その体はあなたのものよ。あなたが望むままに生きなきゃだめよ。私に遠慮なんかしたら許さないから！』

本当はずっと、心の中に迷いがあった。この体を自分のもののように扱ってもいいのか。でも、どうするのが正しいのかようやくわかった気がする。

この体を大切にして、エミリアちゃんに誇れるような生き方をすることこそが、彼女への恩返しになるのではないだろうか。

そのためにも、しっかり腹を括ろう、思い悩むのはやめだ。

私はこれからエミリアちゃんにもらった体で、自分の望むとおり自由に生きていくのだ。

「エミリアちゃん、ありがとう！　私、誰よりも幸せな人生を送るからね！」

『ふふ！　私だって負けないわ』

エミリアちゃんの笑顔を見ていたら、どうしようもなく心が揺れて、必死にこらえても、熱いものが込み上げてきた。手の甲で涙を拭う私から、エミリアちゃんがそっと視線を逸らす。

『……陛下。本当はこんなことぜーっったいに言いたくなかったけど！　……逆恨みして八つ当たりしてごめんなさい……。私が悪霊にならないようエミと一緒に頑張ってくれて、そのぉ……か、感謝してるわ……』

「なんだ？　聞こえない？　大きい声で言ってくれ」

『ばか陛下！　感謝なんてしてないわよ！　ばーか！』

「はははっ。しみったれた言葉などエミリアには似合わないだろ。そうやって最後まで俺には暴言を吐いていろ」

『そうね。それが私たちらしい別れね』

エミリアちゃんと陛下は悪友同士のように、不敵な笑みを交わし合っている。

私はそれがとてもうれしかった。

『さあ、もう行かなくちゃ。消えるのは雲の上がいいんだから。――エミ。どこの誰に生まれ変わるかわからないけれど、いつかまたあなたに会いたいわ……』

「エミリアちゃん、私も……！　私もまた会いたい！」

『私、さよならなんて言わない。――エミ、またいつか！　そのときまで元気でいるのよ！』

ふわっと宙に浮いたエミリアちゃんは、一度控えめに手を振ると、澄んだ夜空目がけてぐんぐんと舞い上がっていた。

「エミリアちゃん！　またね！　また会おうね!!」

白い光に包まれたエミリアちゃんの姿はまるで天使のようだ。

私は遠ざかっていくエミリアちゃんに向かい、大きく手を振り続ける。

約束どおり、笑顔で彼女を見送る。そんな私の頬をとめどなく溢れる涙が濡らした。

エミリアちゃんの小さな姿は、雲まで届いて、やがて見えなくなった――。

――エミリアちゃんとの別れから七日。

私はまだ静かすぎる日常に馴染めずにいる。

もちろん落ち込んでばかりいたら絶対エミリアちゃんに怒られるので、日課にしていた散歩もラジオ体操もサボらずこなしている。ごはんだってしっかり食べているし、調理場を覗いて料理長さんたちと話す時には声を出して笑うことだってある。

ただ心の真ん中にぽっかりと穴が空き、そこから寂しいという気持ちがずっと滲み続けていた。

時が経つほどこの想いにも慣れていき、いつの日か風化してしまうんだろうか。

それがいいことなのか、悪いことなのか、私にはまだわからない。

陛下は二日に一度は離宮へやってきて、私とお昼を一緒に食べて一時間ぐらい休憩してから仕事に戻るようになった。まだ丸一日休むのは難しいみたいだけれど、陛下の意識が変わっただけでもすごい進歩だ。

それに何よりも顔色が良くなった。理由は明白。

「エミからもらったアロマミスト、昨晩もまた試してみた」

「今回で六回目だよね。さすがに別の結果は期待できないんじゃないかな？」

項垂れた陛下が、はあっと盛大なため息を吐く。

ちなみに今日は天気がいいので、離宮の中庭にあるあずまやにお昼を用意してもらい陛下と二人で過ごしているのだった。

離宮の侍女さんたちは皆一斉に解雇されてしまったので、次の働き手が見つかるまでは、王宮の侍女さんたちが私の世話をしてくれている。

もっとも今は陛下が人払いをしたあとなので、周囲に私たち以外の気配はない。

「それで？　一応聞くけど、昨夜はどうだったの？」

「いつもどおり。今回もまた気づいたらガラス瓶を握ったまま、朝まで眠り込んでた……」

「ほらね。こうなるともう、偶然とは言いがたいよ。陛下は私のアロマミストを嗅ぐと、確実に眠っちゃうんだって」

「悔しいけどそうみたいだな……。それに、もうひとつ発見があった。実はジスランに今回の件を話して聞かせたら、止める間もなくアロマミストの香りを確かめ出して――」

「え！　まさかジスランさんも眠っちゃったの？」

「それがジスランにはなんの効果もなかったんだよ」

そう言った直後、陛下はなぜか気まずそうに視線を逸らした。

「ん？　もしかして陛下、そのときも寝ちゃったの？」

「……ジスランに水をかけられて起こされる羽目になった」

「ジスランさん、起こし方雑じゃない!?」

二人のやりとりを想像してしまい、笑いが込み上げてくる。

「陛下とジスランさんって仲良しだよね」

「はあ？　仲良しってなんだよ。子供じゃあるまいし……」

仏頂面をする陛下はちょっとかわいい。

「そういえば、ハンドクリームを渡した侍女さんも別に眠ったりしなかったな」

「となると、今のところ俺にだけ睡眠を誘発する効果が発動されてるわけか」

陛下は考え込むように腕を組んだ。

「ジスランと侍女の共通点といえば、本人の持つ魔力が弱いことだ」

侍女さんたちに魔力の強さが求められないのはわかるけれど、ジスランさんもというのは意外だ。

なんとなく見た目の雰囲気から、色んな能力に抜きん出た人というイメージだった。

「ジスランは国一番頭が切れるといっても過言ではないが、魔法についてはからっきしなんだよ。——これは別の魔力が高い者でも試してみたほうがいいな。もっと詳しく調べたい」

純粋な好奇心を抱いているらしく、陛下の瞳が楽しげに輝く。

まるで新しい生物を発見した科学者のように、わくわくしているのが伝わってきた。

「陛下って魔法が好きなんだね」

「あっ。……悪い」

「なんで謝るの？」

「だってエミが好意で作ってくれたものを、実験道具のように扱ってしまっただろ」

「なんだ、そんなこと。気にしないで。私も謎効果のことは気になるし。それに今の陛下、ほんとに楽しそうな顔をしていたし」

アロマミストをプレゼントしたのは少しでも癒されてほしいと思ったからだけど、どういう理由であれ喜びを与えられたのなら作ってよかったと思える。それに、強制的に眠らせているという点では、本来の目的を達成できたと言えなくもない。

「魔法について実験するのはたしかに楽しい。でも、エミに迫って困らせているときも、俺はすごく楽しいよ」

「よーく伝わってるよ！　ただ、そういうときは今よりもっと意地悪な顔をしてるからね！」

「どうしてだかわかるか？」

　丸テーブルの上に置いていた私の手に陛下がそっと触れてくる。そのまま重ね合わせるように包み込まれて、指と指を絡ませられた。

「わっ、あ、あの、陛下……？」

「ここ最近のエミは俺が口説くたび赤くなって、見つめ返してくる。それがたまらなくていじめすぎてしまう」

「……っ」

「なあ、エミ。俺に対する態度が変わってきたって自覚はあった？」

　気づかないふりなんてしようがない。今だって指先から伝わってくる陛下の体温を意識しただけで、私の心はかき乱されている。

「陛下のこと、最初は子供だと思ってたのに……。いつの間にかそんなふうに見れなくな

っちゃった」

やるせなくて、陛下を軽く睨む。

恥ずかしいし、落ち着かないから、自分でもなんとかしたいんだけど、どうにもならないのだ。こんなはずじゃなかったのに……。

「それってつまり、今は俺を男として見てくれるようになったってこと？」

「ん!? ま、まだそこまではいってないかな!?」

ただ陛下の言葉に動揺して、振り回されているだけ。――そう思いたい。

「なんだ、残念」

そう言いながらも、陛下は楽しそうに笑っている。

「まあ、いい。もともと長期戦でいくつもりだったんだ。どれだけ時間をかけても、エミの心を必ず手に入れてみせるよ」

いつもより低い声で囁かれると、胸の奥のほうで言葉にできない想いがざわめくのを感じた。その淡い感情の正体を見極めようとしたとき――。

『今すぐエミを離しなさい、この色ボケ陛下!!』

よく知っている怒鳴り声が聞こえて、目を見開く。

待って。この声、この感じ、覚えがある……！

陛下と二人、びっくりして顔を上げると――。

「えっ⁉　な、何⁉　白い……モフモフ⁉」

衝撃のあまり思わず叫ぶ。

だって空の向こうから、ふさふさの毛をした小さなモフモフがものすごいスピードで急降下してくるのだ。子狐のような見た目のそのモフモフは、私たちの目の前まで来ると、ぴたっと動きを止めた。

『エミ、助けに来たわよ！　陛下に言い寄られて困ってたでしょ。私がやっつけてあげるから安心しなさい！』

「えっ……。え⁉　エミリアちゃん……？」

声も見た目も変わっているけど、この感じ、この口調、エミリアちゃんとしか思えない。

慌てて陛下を振り返ると、彼はげんなりした顔をして盛大なため息を吐いた。

「間違いない。これはエミリアだ。放つオーラがあいつとまったく同じだから。――その見た目、精霊に転生したってことか」

後半は白いモフモフに向かって放たれた言葉だ。

白いモフモフはあまり長くない鼻っ柱をツンと上げてみせた。

『そうよ、どうやら私、悪霊になったのに正気を取り戻した特別な魂として、精霊に昇格させてもらえたらしいわ』

昇格……。つまり人間が神様に変わるようなものだろうか。

神話なんかではちょくちょく聞く話だ。

『人間より精霊のほうがずっと自由だし、言うことないわ！　しかも精霊だからこうやって元の記憶を失わずに済んでいるし。おかげでエミとの約束をさっそく果たしに来れたのよ』

大きくてふさふさな尻尾を振って、子狐サイズになったエミリアちゃんが私を見上げてくる。

『まさかこんなすぐに再会できるとは思ってなかったけど……。――エミ、私、約束どおり戻って来たわ』

驚きのあまり感情が追いついていなかったけれど、やっと理解できた。

夢みたいな奇跡が、目の前で起こっている。

――私、エミリアちゃんと再会できたんだ。

「……エミリアちゃん、また傍にいてくれるの？」

うれし涙で声を震わせながらそう尋ねると、柔らかい肉球が私の頰に流れた雫を拭ってくれた。

『安心しなさい。私はそのために戻って来たんだから。エミが陛下の毒牙にかからないように、しばらくは見守ってあげるつもりよ』

「毒牙って……。エミリアは俺を何だと思ってるんだ」

『エミがぽわぽわしてるからって、その隙をついてつけ込もうとする色ボケでしょ』

「ぽわぽわ!? 私そんなんじゃないよ!?」

言われ放題な私と陛下は思わず顔を見合わせた。

ああ、でも、この感じ。うれしい。楽しい。

エミリアちゃんがいなくなってから一度も埋まることのなかった心の穴が、すっと塞がっていくのを感じる。

「エミリアちゃん、戻って来てくれてありがとう……!」

私はたまらなくなって、彼女のふわふわな体を抱きしめた。

エミリアちゃんは驚いたように私の腕の中でもそっと動いたけれど、それからすぐ私の首の辺りに鼻先をすり寄せてくれた。

一緒に過ごした十日間では決してできなかったこと。

私たちは今、触れ合えている――。


（おわり）

あとがき

こんにちは、斧名田マニマニです。

このたびは『転生したら十五歳の王妃でした　～元社畜の私が、年下の国王陛下に迫られています!?～』をお手にとっていただきありがとうございます。

本作は、もともとウェブで連載していた小説を、大幅に加筆修正したものになります。

ウェブ版のときは諸般の事情で恋愛描写をほとんど入れられなかったのですが、書籍化にあたり担当さんから「恋愛たくさん増やして大丈夫！」と許可をもらえたので、ページが許す限り、やりたい放題盛り込ませていただきました。

年下ヒーローもイチャイチャシーンも大好物なので、執筆中かつてないぐらい心が満たされました……。

主人公を手に入れたくて容赦なく攻めてくる年下陛下と、一回り近く年下の旦那さんに翻弄される喪女ヒロインのやりとり、楽しんでいただければ幸いです。

そしてなんと本作、スクウェア・エニックスさんでコミカライズ企画が動いています！

下書きを確認させていただいたのですが、陛下とエミのやりとりが色気たっぷりでとっても面白かったです！　はやく皆様にも読んでいただきたいなあ。アプリ『マンガＵＰ！』

にて春ごろ連載スタート予定ですので、こちらも是非よろしくお願い致します！

私生活では、もともとインドアなのが最近輪をかけて悪化し、ごみ捨てと買い出し以外ほとんど出歩かないで過ごしています。家にいても毎日本を届けてもらえるし、好きな映画を見たいときに見れるし、旅行雑誌を眺めれば旅をした気分に浸れるし、家庭内ストーカーのモフモフをいつだってモフれるし。健康のため少しは外に出なくちゃいけないなあと思いつつ、おうち最高。居心地良すぎて困ります……。

最後に本作の出版に際し、お力を貸して下さった皆様、本当にありがとうございました。イラストレーターの八美☆わん様、素敵すぎるイラストの数々、届くたびに感動しっぱなしでした！　担当のIさん、ものすごく丁寧に何度も何度も本文の確認をして下さり、感謝の気持ちが尽きません。二人三脚で作品を作っていくってこういうことなんだなあと初めて実感できました。そしてそして、拙作を手にして下さった読者様。この本が忙しいあなたの日常に、少しでも喜びを与えられるといいなあと願っております。

それでは、またどこかで！

二〇一九年十一月某日　寒さが深まっていくのを感じながら斧名田マニマニ

■ご意見、ご感想をお寄せください。
《ファンレターの宛先》
〒102-8177 東京都千代田区富士見2-13-3
株式会社KADOKAWA ビーズログ文庫編集部
斧名田マニマニ 先生・八美☆わん 先生

●お問い合わせ（エンターブレイン ブランド）
https://www.kadokawa.co.jp/（「お問い合わせ」へお進みください）
※内容によっては、お答えできない場合があります。
※サポートは日本国内のみとさせていただきます。
※Japanese text only

転生(てんせい)したら15歳(さい)の王妃(おうひ)でした
～元社畜(もとしゃちく)の私(わたし)が、年下(としした)の国王陛下(こくおうへいか)に迫(せま)られています!?～

斧名田(おのなた)マニマニ

2020年1月15日 初版発行

発行者　三坂泰二
発行　株式会社 KADOKAWA
〒102-8177 東京都千代田区富士見2-13-3
（ナビダイヤル）0570-060-555
デザイン　永野友紀子
印刷所　凸版印刷株式会社
製本所　凸版印刷株式会社

ISBN978-4-04-735836-2 C0193

定価はカバーに表示してあります。
◇◇◇